재일조선인 문예선 002

내 고향

※ 단어(용어)와 맞춤법은 저자의 창작물임을 고려하여, 최대한
  원문 그대로를 준용하였습니다.

재일조선인 문예선 002

내 고향

초판 1쇄 인쇄 2014년 8월 10일
초판 1쇄 발행 2014년 8월 15일

지은이 김두권
기 획 이철주
발행인 윤관백
발행처 도서출판 선인

등 록 제5-77호(1998. 11. 4)
주 소 서울특별시 마포구 마포대로 4다길 4
        곳마루 B/D 1층
전 화 02-718-6252, 6257
팩 스 02-718-6253
E-mail sunin72@chol.com
©이철주, 2014

정 가 12,000원
ISBN 978-89-5933-741-5 04800
        978-89-5933-739-2 (세트)

재일조선인 문예선 002

내 고향

김두권 저

발간사

지난 가을에 요코하마조선초급학교에 방문했습니다. 이제는 우리에게도 널리 알려진 조선학교에서 많이 불리고 있는 노래 '바위처럼'을 부른 노래패 '꽃다지'와 함께 했습니다. 조선학교 아이들과 노래패가 함께 한 공연은 작은 통일의 현장이었습니다. 행사에 참가한 일본인들과 재일동포들이 무척이나 흐뭇해했습니다. 여기서 김두권 시인의 시집〈운주산〉을 선물로 받았습니다. 이것이 단초가 되었습니다.

지난 10년 동안 재일과의 교류가 이어졌습니다. 처음에는 재일 최고 수준의 민족예술단체인 '금강산가극단'의 서울 공연 제작이 인연이 되었습니다. 이후에 서양미술의 도입기에 큰 활약을 하였던 재일 미술가들에 대해 알게 되었고, 재일조선인 미술의 기초가 되는 민족미술교육의 성과를 일괄할 수 있는 재일조선학생미술전(학미전) 서울전시를 추진하면서 자연스럽게 조선학교와 인연을 맺게 되었습니다.

도저히 이해할 수 없었던 공간이 조선학교였습니다. 식민지 종주국인 일본에서 우리말과 민족예술을 가르치고 있는 조선학교는 '기적의 현장' 이었습니다. 3년 간의 교류와 만남을 가지면서 재일조선인 동포사회가 이 학교를 지키기 위해 흘린 피와 눈물을 알게 되면서, 비로소 재일조선인의 마음의 고향이 '우리학교'라는 것을 어렴풋이나마 알게 되었습니다. 민족성을 고수하고 우리 말과 글을 익히고 사용하는 것을 핵심으로 한 민족교육의 70년 역사 앞에서 같은 민족으로서 그저 감동할 수밖에 없었습니다.

독일의 지배를 받게 된 지방에서 프랑스어 수업의 마지막 날의 모습을 그린 알퐁스 도데의 소설 〈마지막 수업〉에 나온 말입니다. "한 겨레가 남의 나라의 지배를 받게 될 지라도 자기 말만 잘 간직하면, 마치 감옥 열쇠를 쥐고 있는 것과 다를 바가 없는 것입니다" 그리고 프랑스어 교사인 아멜 선생은 수업을 마치는 종이 울리자 칠판에 "프랑스 만세"를 쓰며 이야기는 끝이 납니다. 이 이야기는 조선학교의 중급부 교재에도 나오고 있습니다. 그렇게 우리학교는 아이들에게 우리말과 민족심을 키워주고 있습니다. 조국통일 만세를 가르치고 있습니다.

"오늘날처럼 조국의 통일이 지연되어 동포들의 세대가 몇 차례나 바뀌고 민족성이 희박해져 가는 지점에서는 이제 그 어떤 위구를 느낄만큼 민족성 문제는 림박하게 제기되고 있습니다… 〈종소리〉에 참여한 우리들은 작은 힘이나마 한데 묶어 우리 민족문화와 민족성을 지키고 조국의 통일을 앞당기는 운동에 조금이라도 보탬이 되고저 이 잡지를 발간하게 되었습니다."

2000년 정월에 처음 나온 시동인회 〈종소리〉의 창간호에서 밝힌 바와 같이 재일의 우리 말을 지키려는 노력은 각오와 결의 이상의 절박한 그 '무엇'이었습니다. 여기에 김두권 선생님이 같이 하고 계셨습니다.

민족교육의 일선에서, 민족문학의 최전선에서 늘 자리를 지키고 계셨습니다. 역경을 특유의 낙관과 긍정으로 극복하고, 생활 정서에 충실하고, 자연친화적인 정감으로 동포들에게서 전망을 설파하고 계셨습니다. 그리고 통일이 어둠에 갇혀 있지 않고 '은빛' 햇살이 비추는 아침으로 가는 과정이라며 희망을 제시하고 계셨습니다. 깨어진 철갑 위에 곱게 핀 코스모스를 부여잡고 운주산과 자호천이 있는 고향 영천으로 향하는 절절한 고향에 대한 그리움을 담아, 우리가 왜 하나가 되어야 하는지 온몸으로 이야기하면서 말입니다.

결코 외면할 수가 없었습니다. 광복 69년이 흘러도 크게 나아지지 않은 재일동포들의 삶에서 우리의 해방이 미완으로 그치고 있다고 생각했습니다. 그래서 더 많은 이들이 재일의 사연에 귀를 기우려야 한다고, 더 늦기 전에 재일조선인 1세 예술가들의 삶과 지향이 녹아 있는 작품을 '역사의 증거'로 남겨야겠다고 판단을 하였습니다. 이러한 이유로 기획한 것이 재일

조선인 시선집입니다. 개인적으로는 동포 '후비'로서 김두권 선생님께게 드리는 작은 보답이 되었으면 하는 소망입니다.

기획의 모티브가 된, 국내에서 발행된 재일조선인 시선집 〈치마저고리〉의 책임 편집자이자 그 인연으로 시평을 써준 김응교 교수님께게 감사의 말을 전합니다. 정말 바쁜 조선학교 교원 생활에도 불구하고 표지 그림을 선뜻 내준 김명선 선생님, 늘 자상하고 친절하게 조선학교에 대해 배움을 주고 계신 성명미 선생님, 두 분 누님들께 '뜨거운' 마음을 전합니다. 두 분의 격려와 이해가 없었다면 '재일조선인 문예선'에 대한 기획은 쉽게 결행이 되지 못했을 것입니다. 사할린에서 열린 동북아청소년 평화미술전에서 함께했던 순간들은 평생 기억할 것입니다.

이철주(문화기획자)

차례

3부_꽃밭

4부_김치 파는 처녀

5부_포옹

7부_가사

1부
자호천

나그네
1987

길을 가네
가고 또 가네
끝없이 가네

언제부터 시작한 길이였던가
언제면 끝나는 길이라더냐
나그네가 가는 길은

바다길도 건넜더라
령길도 넘었더라
불볕 내리쬐는 삼복길도 걸었더란다

무슨 사연 있어
쉼 없이 가고 또 가는 것인가
머나먼 타향길을

타향살이
백 년을 한다고 하여
타향이 고향으로 될 수는 없고

고향 떠나
천 년을 산다고 하여
고향이 타향으로 될 수는 없거니

나그네는 오늘도 가네
가슴 속에 지닌 불 고이 간직하고
이역의 하늘 아래 바람은 사나와도

나그네는 쉼 없이 가네
한번 시작한 길을 끝까지 간다네
가다가 길섶에 쓰러지는 한이 있어도

길을 가네
가고 또 가네
끝없이 가네

되찾고야 말 고향이 있기에
영원히 마음 놓고 살
제 집이 기다리기에

별 하나

2000

이 밤 나는
별 하늘을 쳐다본다
젊었을 적에 떠나간 친구를 잊지 못해
별 하나를 지켜본다

그는 그때
열여덟이였다
얼굴은 희고 눈은 맑고
뺨은 능금같이 빨갰다

우리는 매일처럼 만났다
언제나 나라의 앞날을 두고
이야기를 나누었다
깊어가는 밤하늘의 별을 바라보면서

가난한 사람이 많은 땅에
백성들이 잘 사는 나라를 세우자고
새 조국을 위해
우리의 젊음을 바치자고

그는 낮에 밤을 이어
이 마을 저 마을로 뛰었다

초겨울 찬바람에 가랑잎이 날던
어느날 해질 무렵
어마어마한 기동대의 습격을 받았다
벼 가을도 끝난 들판에서

그는 벗들에게 호소했다
이 땅을 지켜 끝까지 싸우자고
그 말이 끝나기도 전에
그만 흉탄에 쓰러지고 말았다

나는 오늘도
이역의 밤하늘을 쳐다본다
나의 청춘을 되살려주는
애젊은 그 얼굴 잊을 수가 없어
꿈 많던 애국자의
그 넋을 불러

이 철길 어디까지 달리면
1988

렬차
내 렬차에 몸을 실을 때마다
언제나 느끼는 바 있거니
이 철길 어디까지 달리면
고향마을에 가 닿는지

수십 년 세월
차창 밖을 내다볼 적마다
되뇌이는 푸념 한결 같거니
이 철길 언제까지 달리면
고향 마을에 가 닿는지

달리는 차창 가에서
불타듯 산비탈에 피여 난
진달래꽃을 바라볼 제면
꽃을 쫓는 눈길 저 너머로
고향 마을 앞산이 오롓이 안겨오고

아직도 철없던 시절에 흩어진

누나와 동생
난데없이 나타난다
애타게 손 저으며 웨친다
'죽기 전에 만나자'고

기차를 타고 리별한 탓인지
올라타자마자 왈칵
눈물이 쏟아진 탓인지
렬차를 탈 적마다 새로워지는
옛 추억

오사카 도쿄 사이
온 종일 걸리던 때로부터
두 서너 시간이면 닿게 된 오늘에도
나의 고향길은
아직도 아득하구나

대체
이 철길 어디까지 달리면
고향 마을에 가 닿는지

누님에게
1992

작별의 인사를 드린 후
처음으로 펜을 듭니다
용서하십시오 누님
삼 년이면 돌아온다고 맹세했건만
마흔 해도 훨씬 넘었군요

무엇부터 적으면 좋을가요
이 가슴에 쌓인 회포
쌓이고 쌓이다가 더는 쌓일 수 없어
오장륙부 속에 녹아 스민 한 많은 사연
어느 실머리로부터
끄집어 올리면 좋을가요

어릴 적에 부모님을 여의고
어머니 대신으로
아버지 대신으로
알뜰히도 이 동생을 돌봐주더니
마흔 몇 해나 못 본 채
어떻게 세월을 보냈는가요

소학교에 가는 초겨울이었던가요
마을 앞 시내물을 건너는데
동생의 발이 시릴세라
아침마다 업어서 넘겨주던 누님

언제나 나를 아껴주고
궂은 일 힘든 일은 도맡아 보더니
남편조차 일찍 하직하고
바람 거친 하늘아래
아이들은 어떻게 키웠나요
어떻게 살아났나요

모시적삼에 람색 치마를 둘러 입고
시가에서 처음으로 친정 온 날
박꽃 핀 마당 가에서
나를 꼭 껴안아주더니
그날의 그 모습이 잊혀지지 않군요
수십 년 세월이 흘러도
언제나 생생히 되살아나는군요

정말 오래만에 불러보는 그리운 이름
누님 누님 누님
이제 나이 일흔이 되셨겠군요
해 저무는 죽산골에서 바래주던 그때
누님은 겨우 스물다섯 살
이 동생은 갓 스물
왜 그 동안 한 번도 만날 수 없었던가요

긴긴 세월
이국 땅 방방곡곡을 걷고 거닐 때
한날 한시도 잊은 적 없었어요
내가 나서 자란 고향산천
그리운 우리 누님

좋은 세상이 꼭 올 거라고
입버릇처럼 일깨워주더니
언제 그 봄이 오겠는지요
고향마을 앞산을 붉게 물들일
진달래의 봄이

비 오는 날, 바람 스산한 날은 있어도
오는 봄을 막아낼 힘은 없으니
누님
부디부디 건강하십시오
우리 삼남매 손잡고
꽃놀이를 즐길 그 날을 위해서도

어머니의 꿈 이야기
1988

애야, 어델 갔다
이제사 왔느냐

늙으신 어머니의 치마폭에
얼굴을 묻고 흐느끼는 아들
꿈이런가 생시런가
말없이 그 머리 쓰다듬는 어머니

세월의 모진 비바람 속에
눈물마저 다 말라버렸는가
주름에 덮인 눈동자만
조용히 움직일 뿐

밤나무 잎이
한 잎 두 잎 날던 가을날 저녁
마음껏 효자 노릇 할 수 있는
좋은 세상과 더불어 돌아오겠다고
허리 굽혀 하직 인사 올리던
갓 스물의 아들

어디에 갔다가 이제사 왔단 말인가
무슨 길이
그리 멀고 험했길래
머리 우에 흰서리 이고
이제사 찾아왔단 말인가

부엌에서 밥을 푸노라면
의례히 누룽지를 달라고 손 내밀던
그 아들을 잊지 못해
담 밑에 밤알 묻어두고
언제까지나 기다리던 어머니

오늘이면 돌아오려나
래일이면 나타나려나
먼 신작로 시름없이 바라다 보며
떨군 눈물은
그 얼마겠나

그래 어이하여
긴긴 세월 헤여져 살아야 했던가

이 어머니와 아들은
그 무엇이
무참히도 갈라놓았단 말인가
이 아들과 이 어머니를

말 좀 물어 보자꾸나
이 못난 자식아
어디에 갔다가
이제사 돌아왔단 말인가

운주산
1991

운주산
어찌하여 요즘 자꾸
내 눈앞에 떠오른 것일가

잊지 못할 고향의 산아
가만히 그 이름만 외워도
수려한 그 모습 안겨오네

향수에 젖은
내 고향의 못 잊을 산아
얼마나 많은 해와 달이 지나갔는가
내 고향에 돌아가면
맨 먼저 운주에 오른다고 다짐하던
청춘 시절

운주는 사철 아름답지만
여름의 운주가 제일이야
어릴 적 여름방학이 되면
너의 푸른 자락에 해종일 딩굴었더라

철이랑 순이랑 어깨동무들과 함께

우거진 잡목 밑
졸졸 흘러내리는 계류를 따라
참나물을 캐던 일
지금도 이 눈에 선히 떠오르네
참나물 그 향기 이제도
바람 결 따라 풍겨오는 듯

해 솟는 운주
해 지는 운주
가없이 푸른 너의 하늘에 떠가는
흰 구름에 꿈을 실어 보내며
내 꿈을 키우던 곳

운주는 첫 발자국이 찍힌 산
내가 찾지 않고는 견디지 못 할
어머니 숨결이 어려 있는 내 고향

요즘 꿈속에 자꾸 찾아오네

고향의 운주
정다운 운주

고향 갈 차비를 다그치란 말인가
아 운주가 나를 부른다
운주가 나를 부른다

봉선화의 8월

1995

8월이 왔다
어느새 올 해도 8월이 왔다
8월은 언제나
봉선화를 안고 찾아오네

빨간꽃 봉선화
하얀꽃 봉선화
한여름의 해빛 아래 곱게 피었네

뜨락에 핀 봉선화야
어이하여 너는
쓸쓸한 선율만 들려주는 거냐

봉선화야 너는 언제까지
찢겨진 아픔만 노래하려나
정말 언제까지
흩어진 서러움만 웨치려나

원쑤의 칼날이 가슴에 꽂혔을 때
금수강산의 쓰라린 상처를 두고

통곡한 봉선화야

이제는
가락과 음조를 바꿀 때가 아닌가
미소 어린 다정한 노래를 불러보자
행복과 약동의 노래
신나게 불러보자

둘도 없는 꽃다운 청춘을 바쳐
분계선을 돌파한 녀학생의 노래
멋지게 불러보자

온 겨레의 미래를 빌어
칠순 고령을 무릅쓰고
철조망을 걷어찬 장로님의 노래
장단도 구성지게 불러보자

방방곡곡의 봉선화야
분계선으로 모여라
무늬도 찬란한 꽃융단을 펼쳐

넘나드는 사람들
자유로이 오가게 하자

북으로 가는 사람에게도
남으로 가는 사람에게도
환영의 노래를 불러주고
환송의 노래를 불러주고

고향을 찾아가는 사람들
부모형제를 뵈오러 가는 사람들
옛 친구를 만나러 가는 사람들
그 모든 겨레들에게
축복의 노래를 안겨주자

빨간 꽃 봉선화
하얀 꽃 봉선화
남북 삼천리의 모든 봉선화야
어서 모여라
분계선으로

8월의 밝은 해빛 아래 한껏 피여
원한의 분계선 장벽
꽃으로 덮자
우리와 상관없는
그 모든 것을 덮어 버리자

만만세 하늘땅에 울려 퍼지도록
활짝 피여라
8월의 봉선화여

해와 달
2003

나를 팽개치고
어델 가느냐
달리는 해와 달아

남의 땅 귀신은
죽어도 안된다고
거듭거듭 장담해 왔건만

세월과 더불어 되뇌여 온 장담
맥이 빠진다
가물든 밭의 고추잎처럼

오늘은 나타나려나
래일이면 돌아오려나
목이 빠지도록
고향은 기다리고

달리는 이 마음
밤마다 잠만 들면

그리운 산천에서 놀건만

어디에서 길이 어긋 났을가
달음박질 밖에 못 배웠느냐
무심한 해와 달아

설날 아침
2004

아득히 뻗은 무우밭 양배추밭
오늘은
인적기 하나 없구나
설날 아침 이역의 들길

지금쯤 고향집 앞마당에서는
온 집안이 모여
명절 제사 지내겠지

버들방천 고향마을
자호천 얼음판엔
팽이 치는 아이들의 웃음소리
푸른 하늘에 메아리 치는가

조상의 땅을 등진 지 반 세기
이역의 들길을 가는 설날 아침
목도리 속 입술 가에
추억의 선률이 맴 돈다

– 울려고 내가 왔던가
  웃으려고 왔던가

채송화

2007

뙤약볕이 사정없는 길가에서
빨간 저고리, 노란 저고리 곱게 차리고
깔깔 반겨주는구나
채송화

너는 순식간에
불러다 주네
천리만리 내 고향 산천
이 가슴에
안겨주네

고향집
울타리 밑에 가꾸던 꽃밭에서
누나가 웃는다
어깨동무가 다가선다

타향살이 수십 성 상
산길 들길 기막힌 로정에도
어느 하루인들 잊었더냐

채송화야 너는
나의 청춘이며 고향

내 고향 너는
나의 인생 항로에서
언제나, 어디서나 보이는 등대
나의 인생살이
마지막의 안식처런가

채송화
네가 있어 내가 있고
너로 하여 나의 삶은
노을 비낀 꿈을 싣고 흐뭇했거니
너는 나의 가슴 속에 반짝이는
영원한 보석일러라

플라타너스

2008

가끔 거니는 언덕길
커다란 플라타너스 한 그루
어느 새 친구가 되었지

나무뿌리에 걸터앉아
'고향의 봄'을 불러 보기도 하고
'향수'를 읊조리기도 하고,
때론 욕을 퍼붓다가
어느새 친구가 되었구나

언제부터인지
틈이 생기면 찾는 나무
어릴 적 소학교 교정에 서있던
열 길도 넘던 그 플라타너스인양
따뜻이 품어 주는 모교가 되어

환이랑, 철이랑
나무 둘레에서 공도 차고
푸른 하늘에 무지개를 함께 그리던

못 잊을 나의 요람

만 리 이역에서 만난 나무 한 그루
플라타너스
죽마고우여

고향길

2009

보고 싶어서
가고 싶어서
고향길

달이 가고
해가 가고
어제 밤도 오늘 새벽도
서녘 하늘 우러러 두 손 모았건만
아득도 하여라
나의 고향길

고향에 가면
맨 먼저 선산을 찾으리
부모님 령전에
정성의 술 한 잔 올리고
불효자의 속죄를 하려는 데

누가 막느냐
대체 어느 놈이 막아 나서느냐
나의 소원

나의 고향길

가까이에 왔다가 물러서는가 하면
다시 나타났다가는
꺼지고 마는
나의 고향길

무슨 흉측한 짐승의 작간이런가
악마의 심술이란 말인가

나의 청춘이 움튼 고향
나의 젊음이 뜨겁게 불탄 고장
어떻게 잊을 수 있다더냐
어떻게 가만히 앉아 배길 수 있다더냐

가고파라
보고파라
힘껏 달리고 싶어라
나의 고향길

죽마고우를 불러

2010

이 사람 길우!
나의 죽마고우야
정말 보고 싶구나
쌓이고 쌓인 회포
속 시원히 풀어보고 싶구나

서울역에서 막차로 하직한 지를
어떻게 헤아릴 수 있겠는가
그 동안 왜 한 번도 만나지 못했는가
속절없이 달려간 해와 달
무정타 할 것인가
야속타 할 것인가

자네와 나는
소학교 6년간을 한 교실에서 배웠다
자네와 나는
낯선 서울 땅에서
옹근 이태를 한방에서 묵었다

세상에서 이런 법도 있단 말인가

보고 싶은 사람 못 보게 하고
만나고 싶은 사람 못 만나게 하는

통일된 새 나라 버젓이 세워
다 잘 살 수 있게 하자고
날마다 되뇌던 자네 모습
어이 잊을 수 있겠니

바람결에
가랑잎이 나부끼고 있다
더는 이 이상
바라다보고만 있을 수가 없구나

사람들의 간절한 념원
무자비하게 짓밟는 상징
이 세상의 괴물
어서 무너뜨리자꾸나
금수강산을 두 동강 낸 분계선을
현해탄에 솟아난 꽝철이 철망을

가는 길
2011

가는 길
나그네 길
언제면 끝나는 지

그리워라 그리워
내 고향이 그리워
자호천 맑은 물아, 나의 요람아
버들가지 휘여 잡고
불러보네
그 옛날의 못 잊을 노래

살아도
살아도
끝이 없고
정 안 드는 타향살이
언제면 끝난다더냐

3년이면 돌아오마
다진 그 맹세

3년이 열 번 가도
고향길은 간 데 없고

봄이 와도
봄이 와도
꽃은 안 피네

아, 흘러간 그 옛날의
못 잊을 노래여
떨리는 풀피리 소리 애 닳아라
오늘도 언덕길에 걸터앉아
희미해지는 저녁노을 바라보거니

소 먹이고 돌아오는 저녁 길
늘어선 포플러 누비며 노래 부르던
그 시절, 그 동무들
보이지 않네

꿈
2011

오늘은
고향집에 경사 났네

백발이 성성한 사나이
수십 년 만에
그립고 그립던 고향집을 찾았으니

오랜 세월
한숨 소리 그칠 새 없던 이 집안에
기쁨의 노래 소리 울려 퍼지네

누가 시켰는지
소학교짜리 녀생도들이 나와
목청껏 노래를 부르고
무명 치마저고리 두른 할머니가
훨훨 춤을 추고

황금 파도 설레는 들판이
앞뒤로 둘러싼 마을
박 넝쿨 쭉 뻗은 담장이 지켜선

우리 집

오늘 저녁은
수십 년 전에 집 나간 장손이
돌아왔다고
온 집안이 설렌다
명절을 몇 배로 한 즐거움으로
넘쳐 난다

살기 좋은 나라 세운다고
눈이 번들거리던 장손
이마 우에 백설을 쌓아 올렸구나
사나이의 눈길은 빛나고
그의 가슴은
신심으로 부풀어 있다

그 무엇에 비기랴
흥성이는 모두의 심장
오랜 해와 달 속에 못잊어 한 아들
집안에 맞이한 만감

그 무엇에 비기리

모두들 생각에 잠긴다
갈라졌던 힘이
하나로 뭉쳐지고
흩어졌던 재주가 뭉쳐서 빛을 뿌릴
그 때를

흥이 일고, 신이 나면서
삶에 보람으로 설렌다
통일의 새벽이
실감으로 고동친다.

자호천(紫湖川)

2013

자호천
자호천
우리 마을 앞에 흐르는 강
이름만 올려도 내 가슴 출렁이네

여름이면 온 종일
그 품에 안겨
물장구를 치며 자랐고

밤에는
물가 청석에 멍석을 펴고
북두칠성 바라보며
잠을 청하고 꿈을 키우던
나의 청춘이 활개친 강아

냇가에 붉게 핀 찔레꽃
소담스런 꽃덤불 에워싸고
희희락락 즐기던 환이랑 순분이며
나의 죽마고우들은
다 어디로 갔단 말인가

지나간 춘풍 추우
몇 십 차례나 되는지
사시장철 내 가슴 속에 흐르는
못 잊을 강아

지금도 종종 꿈속에 나타나거니
아름다운 너의 흐름을 끼고 펼쳐진
벼논 들판에
황새무리 너울너울 춤추고
농악소리 구성지게 울려오는 듯

이역의 수 만리 장정에서도
언제나 너를 그리며 살았더란다
언제나 나와 함께 있는 자호천
나의 꿈아!

동생의 얼굴

2013

추석날 아침
전화가 걸려왔다
저 멀리
고향의 동생으로부터

반가워라
그간의 소식을 주고받고 하는데
안타깝구나
떠오르지 않네
그립던 동생의 얼굴이

젊었을 적에 갈린 동생
이제는 로경에 이르렀을
그 얼굴

따로따로 달린
악착한 세월의 비바람은
동생의 얼굴마저
모질게도 문질러 갔단 말인가

조실부모한 우리 형제
형 노릇 못한
피 맺힌 원한이 쌓였거늘

학교 다닐 적엔
숙제 한번 못 봐주고
장가 들 때도
아무런 도움을 주지 못한
이 못난 형

다행이
내 가슴 속에
뚜렷한 하나의 영상이 살아 있거늘
그것은 변치 않은
동생의 얼굴

갸름한 생김새에 흰 살결
늦가을 능금처럼 빨갛던
열 대 여섯 살 때의

동생의 얼굴이
아, 언제면
그 얼굴 다시 대할 수 있을가
곱던 얼굴에
내 볼로
실컷 비벼볼 수 있을가

2부

춤판

춤판
2000

신랑 신부의 새 출발을 기뻐하여
노래를 부르고 춤을 춘다
오늘은 명절

민족의 선률과 장단이 울려오니
앉은 자리에서 어깨가 들썩들썩
어머니가 나오고 할머니가 나오고
물우에 뜬 꽃송이인양
둥실둥실 돌아간다

신랑 신부를 가운데 두고
벌어지는 큰 춤판
어디서 익혔는지 젊은이들
제각기 꺼떡꺼떡
서툴지만 흥이 있네

춤패가 줄을 지어
넓은 식장 에돌면
때는 바야흐로 봄

복숭아꽃과 배꽃이 한꺼번에 만발한 듯
꽃물결은 힘 있게 소용돌이친다

나라 없이 산 지난날을 못 잊는가
외롭게 살던 재일동포들
큰일에는 서로 힘껏 도와나서는
모두가 친척

춤가락을 통해
찰떡 같은 정을 이기며
굳건히 살아가는 자랑
누리에 떨치는 것인가
조국강산에 더딘 봄을 부르며
밝아오는 앞날을 내다보는 것인가

바다 먼 이역 땅에서도
트팀없이 우리의 대를 이어가는 경사
새 가정을 마음껏 축하하여라
흥겨운 춤판

행복은 웃음 편

2001

웃음 넘치는 창문가
얼마나 밝고 아름다우냐

때로는
웃음을 잃을 때도 있겠지만
그럴수록
웃음으로 풀어야지

짜증을 내고
미간에 주름만 세워 살겠는가
될 일도 안된다

인생길
거칠은 가시덤불 앞에서
눈물을 삼킬 때도 있다
폭풍이 덮쳐들어
절망에 몸부림 칠 때도 있다

어려울수록

웃음으로 대해야지
나타나는 곤난 웃음으로 이겨내자
행복은 웃음 편

손만 잡으면
2002

바람이 사나와도
헤쳐날 길은 있다
손만 잡으면

바플 바람에
목을 떨구고 있을 때
저녁이라도 함께 하자고
이끌어주던 친구의 손

자금이 없어
몸부림 칠 적에
돈을 둘러다 준
젊은 상공인의 따뜻한 손

나의 삶
남의 덕에 살아온 것인가
별미가 생기면
이웃에 가져가고
뜯어온 미나리, 민들레도

나누어 먹고

처지가 어려워도
무서움이 없구나
서로 돕고 이끄는 우리에게는

부는 바람 모질어도
헤쳐갈 길은 있다
손만 잡으면

청년
2002

눈에 불을 켜고 살핀다
청년은
우리 학생들을 다치는 놈이 없는가
역 구내를 조용조용 거닐며

온 나라를 돌고 벌리는
악의에 찬 소동
이는 총질 없는 전쟁
청년은 직감했다
우리 학생들을 지켜야 한다고

그는 지난 날을 생각했다
자신이 보고 듣고 당한 일을
몸이 떨렸다
자기 다닌 우리 학교가
뇌리에 떠올랐다

남을 헤치는 일에 이골이 난
천하의 불한당

뉘우칠 줄을 모르는가
대가 바뀌여도

끌끌한 청년
언제 어디서 익혔는지
스스로 판단하고
스스로 행동한다

산을 넘는다

1987

산우에 또 산
끝이 없구나 넘어야 할 산은
삶이란 끝없이 넘고 넘는
산길이랄가

오르막 길이 있고
내리막 길도 있고
풀잎 반짝이는 편편한 길도 있고
떨어지면 다시 못 살
험한 길도 있거늘

한 고개 두 고개 넘었다고
마음 놓을 수는 없어라
인생의 닻을 내릴 그 곳까지는

험한 산길과 같아라
인생의 머나먼 길은
오르고 또 올라야 하거니

오르면 청청 하늘이 펼쳐지고

물러서면
깊디깊은 함정골이 기다리기에

칡넝쿨이 발목을 감아 당겨도
층암절벽이 눈앞을 가리워도
한 번 나선 길은
끝까지 가고 말지니

우뢰와 천둥이 발 밑에 울고
벼락이 머리우에 쏟아진다 해도
내 이 길에서 멈출 순 없어라
인생은 투쟁의 길
투쟁은 삶의 길

내 이제
뜻 깊은 리정표에 점을 찍고
서슴없이 다그쳐 오르려니

청산 저 너머
흰구름 피는 푸른 하늘을 찾아

삼천리에 꽃들이 웃는
그 봄을 찾아

우리 분회 고문

1984

오늘도 고문님은 나섰다
서명용지 들고
골목 길을 간다

일흔이 넘었건만
불타는 가슴 식을 줄 모르는가
밝디 밝은 저 얼굴

잊을 수 없다지요
어린이들에게 우리 교육을 시키자고
분회사무소 앞에 가교사를 세운 날 밤
이슥토록
노래를 부르고 춤을 추던 일

새벽마다 어둠을 헤치고
분회위원들이 모여 앉아
'신보'를 독보하던 일

무엇보다도 2중 모범분회

영예의 기발을 받아 안던 날
지금도 생각하면
가슴 속에 뜨거운 것이 뭉클 솟는다지요

새로 나온 3세 분회장을 도우는 것이
가장 큰 과업이라고
신들메를 늦추지 않는
우리 분회 고문님

낯설고 물선 남의 땅에 끌려와
소와 말처럼 살던 신세
골수에 사무쳤는가
사람답게 사는 보람 안겨준
그 은정 잊을 수 없는가

오늘도 민족권리 위하여
조국통일 위하여
서명용지 들고 나섰구나
미소 띤 저 얼굴

동포들은 말한다
우리 분회에는
미더운 분회장이
둘이나 있는 셈이라고

벗
1986

오꾸무사시의 늦가을을 벗들과 거니는
즐거운 한때입니다.
선들바람에 만 가지 시름 실어 보내는
기쁨의 한때입니다.
소음과 혼탁에서 벗어나
잃어버렸던 자연을 되찾은
속 시원한 한때입니다
다람쥐와 숨바꼭질하는
소년의 한때입니다
두껍게 깔린 가랑잎을 밟으면서
인생을 론해 보는 뜻 깊은 한때입니다
거울 같은 호수에 가슴속을 비쳐보는
철학하는 한때입니다
이 모든 상쾌감과
아름다운 추억으로 아로새겨질
감격의 한때도
살뜰한 벗이 있는 덕분입니다.

도라지꽃 핀 언덕에서
1990

신기도 하여라
황홀도 하여라
이역만리 이 언덕에 곱게 핀
한 떨기 도라지꽃이여

겨레의 영광과 더불어
눈물 젖은 생활과 더불어
철 따라 피고 지고
생을 이어온 도라지꽃

내 정든 고향을 하직할 때
앞산 고개 길에서 발돋음하며
손 저어 바래주던
아 연보라 도라지꽃
그날의 그 꽃이란 말인가

아니면 삼선암 기슭
처음으로 찾아간 나를
두 팔 벌려 반겨주던 금강의 백도라지

바로 그 꽃이란 말인가

바람 불고 찬비 내리고
해와 달은 가고 또 가도
영원히 변함없으리
이 가슴속에 곱게곱게 피는
그리운 꽃이여

−어느 독무회에 부치여

너만 있으면

2003

철 따라 부는 바람 어델 갔을가
이 땅엔 겨울만 모였다더냐
거리엔 서리바람 회오리치고
싸늘한 눈총이 쏘아 부쳐도
너만 있으면
미소로 반겨주는 너만 있으면
걱정없어
손잡고 새봄을 불러오자
어여쁜 꽃들이 자랑 떨치는

하늘의 달님은 어델 갔을가
이 땅엔 별들도 없단 말인가
어둠이 하늘땅을 휘둘러 싸고
온몸에 소름이 끼친다 해도
너만 있으면
내 눈을 지켜보는 너만 있으면
걱정없어
손잡고 새 아침 안아오자
눈부신 해님이 빛을 뿌리는

이사
2010

이사
나에게는
찬바람에 시달리는 가랑잎이다

재일동포는 이사가 많아
열 번 했다는 친구를 만난 일이 있거니
이번 일곱 번째를 이사한 나도
건사하게 따라가고 있는 셈인가

동가식(東家食) 서가숙(西家宿) 3년에
팔자타령도 많이 했다
가슴에 부딪친 찬바람
골수에 스미였다

젊었을 땐
일터를 찾아 정처 없이 떠다녔고
살림이라고 차린 뒤도
집세를 못 물어 쫓겨나기도 하고

반세기가 넘도록 산 땅에서
안심하고 살 수 있는
방 한 칸 마련 못했으니
가소로운 일이라 하겠다

이사는 호주머니의 부담도 크지만
몸살이 날만치
품이 든다

제발 다시는 몰려오지 말아다오
가랑잎아

장하다, 세계 왕자
2006

왕좌는 끝내 이겼다
모든 동포들의 열망에 보답하여
그리고
그 무쇠의 의지로

이번엔 어떻게 될런지
처음부터 관심은 높았다
세계 제패를 여덟 번이나 했었지
나이도 생각하여

그러나 이겼다
우리의 왕자는 이기고 말았다
오사카의 밤하늘에
세계의 룡마루에
찬란한 기발 높이높이 올렸다

장하다 홍창수 선수
건드릴 수 없는 민족의 기개
온 누리에 떨쳤구나

커다란 자랑
우리의 가슴 가슴에 안겨주었구나

세계의 왕자
그는 언제나 우리와 함께 있거니
나아가는 겨레의 가슴에
어려운 투쟁의 고비마다에

불굴의 투지로
승리의 신심의 체현자로

※ 홍창수 선수는 재일동포 3세로서 2006년 2월 일본
  오사카에서 있은 WBC 세계 슈퍼급 타이틀 매치에
  서 도합 아홉 번째로 승리했다.

팔선녀

2006. 11

사철 물보라 덮치는
섬나라
오늘은 선녀들이 춤을 추네

금강산 상팔담
옥수 넘치는 웅덩이에
미역을 감았는가
시원스레 너울너울

민족의 슬기 훈민정음
그 자취 더듬는가
한석봉의 본을 땄나
붓글 솜씨 령롱한 비발
이 가슴 울려주네

일흔에 배우는 기쁨
여든에 익히는 숨은 재주
아들 딸들에게 보여줄가
손자들 손잡고 자랑할가

민족 차별의 수모에
분노를 떨었더란다
못 배운 설음 안고
눈물도 많았단다
피맺힌 원한 풀고 말리
조국강산의 새봄을 내다보며

물보라 사나운 섬나라에
오늘은 팔선녀가 춤을 추네
잃은 청춘 되찾은 자랑이냐
훨훨 춤을 추네...

–지바 우리 붓글 소조 전람회를 보고

상공인 친구

2008

안내 받은 으리으리한 사장실
맨 먼저 눈에 띈 것은
벽에 걸린 금강산 그림
그리고 또 한 편엔
화담(花潭)의 시를 쓴 서예

드문 일이라 하겠다
상거래의 거점인 회사 사무소에
우리 그림과 서예 작품
버젓이 걸어 놓은 것은

몇 해만인가
그와 나
저녁을 함께 하면서
회포를 나누게 된 것은

대기업은 괜찮다 하더라도
중소는 매우 심각하다고들 하는 요즘
이 친구는 지금

상승일로라나

무슨 비결이 있는 것일가
나는 그와
술잔을 건늬면서 은근히
이 수수께끼에 도전해 보거니

언제나 자세가 당당하고
사람됨이 무던한 것도 있지만
그것은 아마
가슴에 품고 있는 것이 있기 때문이 아닐가
금강석 같은 그 무엇을

친구와 나

2008

친구와 나
이따금 함께 차를 마신다
소속 단체는 서로 달라도
허물없이
이야기를 나눈다

친구는
내가 불편할 제면
꼭 찾아와주고
더러는 내 호주머니 속에
똘똘 만 지화를 넣어두기도 하고

내가, 내가가 판을 치는 세상에
남을 먼저 걱정하는 사람
어려운 형편을 보고는
견디지 못하는 다심한 친구

우리 둘은
가끔 술도 마시거니

‘우리학교’ 이야기며 대선 이야기랑
두서없이 주고받다가
‘눈물 젖은 두만강’도 부르고

갈릴 적엔 언제나 친구와 나
남몰래 부르는 구호가 있거니
“림진강에서 꽃놀이 즐기는 그날까지”

※ ‘우리학교’는 북해도 조선학교 학생들의 생활을 그린
   영화의 제명이다.

만남이 좋아
2008

만나니 가슴이 울렁이고
기쁨의 가락이 움튼다

이웃에 산다 해도
안 만나면 남남
만나는 길에
피는 통하거니

찬바람 치부는 이역의 길 머리에서
버림 받은 사람들
산지사방 흩어져 살게 된 겨레

우리는 우리 길 가자
외롭게 지내는 형제들 이끌고
함께 가야지
모두들 기다리고 있는데

손잡고 나가는 길에
풍악소리 울리리

거창한 춤판이 기다리리
만남이 좋아

떡국

2008

떡국
보기만 해도 기쁘이
무엇보다도 설 맛이 나지

세배 온 아이들이랑
떡국 상을 둘러싼 설날 아침
밝고 따뜻한 집안

이역 만 리에 살아도
우리 음식으로
우리 식으로 맞이하는 설
얼마나 흐뭇하냐

다가오는 새해는
또
어떤 바람이 회오리 칠른지

하늬바람이 불건
샛바람이 불건
우리는 언제나

설에는
떡국을 먹기 마련이지

종소리는 누가 울리라고

2009.12

종소리
앞으로 누가 울리라고
팽개치고 떠나갔단 말이오
무슨 길이 그리도 바빠
야속하게 떠나 버렸는가요

우리 비록
현역에서 물러선 처지이긴 하지만
어찌 가만히 보고만 있겠는가
저녁 노을은 짙어지고 있으나
애족애국의 붓대 드높이 들자고
뜨겁게 부르짖던 그대
재일동포 시인이여

하여 '종소리'는
탄생의 첫소리를 울렸던 것이다
력사의 해
2000년의 새봄에

언제나 고국 땅을 못 잊어 하고

재일동포를 무지 사랑하던 그대

종소리는 더 크게 울려야 한다고
그대는 언제나 앞장에 섰다
누구보다도 가슴 뜨겁게 불태웠고
누구보다도 동분서주했으며
언제나 희망으로 빛나는 모습
못 잊을 그대
민족의 시인이여

뜻 깊은 해를 눈앞에 두고
더 크게
더 멀리
더 아름답게
종소리를 울리자던 그대
대체 어디로 갔단 말이오

잊을 수 없는 가지가지의 추억들
고스란히 남겨둔 체
자신의 몸과 마음처럼 아끼던

'종소리'를 남겨둔 체
어이 떠날 수 있었단 말이오

맨 앞줄에서
언제나 신나게 울리던 종소리
앞으론 누가 울리란 말이오

– 정화수 시인을 보내고

길이 막혔다

2013

길이 막히니
기가 찬다

렬도에 부는 바람
어느 때 없이 참고 거칠어져
길 나서기 힘드는데
꿈을 싣고 흐르는 림진강엔
봄이 와도 꽃이 안핀단다

동해를 넘나들던 만경봉호
로를 달아맨 지 오래되고
조선해협에는
눈에 안보이는 철망이 높이 솟았다

왜 이렇게 되는 것일가
어쩌면 좋단 말인가

사람의 행복에는
여러 가지 있을 수 있으나

서로 오가고
마주 보고 담소하는 것이 으뜸일진데

아버지, 어머니, 누나와 아우
그리고 다정한 벗들
보고 싶은 사람 찾아가는 길
이 길 가로막는 자
과연 그 누구란 말인가

남을 헤치지 않고서는 성차지 않는
광기 어린 망나니들
그의 어리석은 망동이란 말이지

그 어떤 험한 준령도
우리 길 막을 수 없다
그 어떤 파란 만장도
우리 발길 멈춰 세울 순 없다

우리가 바라는 것은 오직 하나

일가단란
금수 삼천리에 칠천만 우리 형제
손잡고 즐기는 그날
그날이 우리 소원의 모두이다

비켜서지 못할가
사람의 길 모르는 천치들아
쓰레기들아

3부
꽃밭

할아버지의 당부
2005

학예회
꼬마배우
어쩌면 그렇게도
우리 말 발음이 똑똑하냐
보조개 웃는 그 얼굴
치마 저고리 입은 인형이런가
너는 한평생
그 고운 얼굴
찌푸리지 말고 살아라
티 없는 얼굴에
어둠을 담지 말아라
너는 언제나
가슴 펴고 살아라
녀왕처럼 살아라
너는 식민지에 살면 안된다
분단된 나라에 살면 안된다

너는 어른이 되거든
아이들을

남의 땅에서 키우지 말라
아이들에게
정든 고향산천을 안겨줘야 해
너는 우리의 꿈
통일된 조국 땅에 활짝 피는 꽃
우주시대를 수 놓으렴
우리의 꽃봉오리여

  - 우리초급학교 학예회 구연을 보고

농악무

2006

운동회가 고조될 무렵
농악이 뛰쳐나왔다

꽹과리가 앞서고
징, 북, 날나들이 뒤따르면서
멋 나게 돌아간다

무대에서 보는 농악무도 좋지만
넓은 운동장이 더 어울리네
농악이야 원래
들판에서 생긴 거지

언제 배웠느냐 너희들
어떻게 익혔느냐
독특한 풍장에다 민족 장단

휘몰이 장단이 장내에 넘치는데
무동이 재주를 부리고
열두 발 상모가 신나게 돌아가니

농악무는 바야흐로 절정

만 리 이역의 하늘아래
민족성 짙은 예술
마음껏 즐기는구나
우리의 새 세대

아이들아
제발 더 크게 울려다오
더 높이높이 날아다오
저 하늘 끝까지

−우리 초중급학교 운동회에서

꽃밭
2006

우리는 꽃을 피운다
고운 꽃 만발하는
꽃밭을 가꾼다

꽃밭엔
진달래, 개나리가 피고
해바라기도

아침저녁
물 주고 풀 뽑고
날아드는 벌레도 내쫓으면서
꽃봉오리 곱게 곱게 자래운다

꽃밭에는
봉선화가 노래하고
도라지 꽃이 한들한들 춤춘다

이 꽃밭에는
나라를 빼앗기고
가랑잎처럼 떠돌 적에

한 그루 꽃을 심을 땅을 찾아
헤매고 헤매던 재일동포들의
비통의 눈물이 고여 있다

이 꽃밭은
재생한 날의 환희와
아름다운 꿈을 그리는 오늘의
벅찬 자랑으로 빛 뿌리거니

우리 보배들의 보금자리
꽃밭 이는
부모들의 원한을 풀고
소원을 부르는
꽃 무대이며
이 꽃밭은 진정
재일동포들의 삶의 보람이란다

몹쓸 놈들이 만약
피는 꽃 다치기라도 한다면,
더러운 구둣발로

신성한 꽃밭 짓밟기라도 한다면
용서 못하지
절대로

우리는 꽃을 피운다
대를 이어 꽃밭을 가꾼다
세상에 없는 우리 교육의 대화원
온 누리에 떨치리

훨훨 날아라
2010. 4

훨훨 날아라
희망의 새야
두 날개 한껏 펼쳐라
끝없는 푸른 하늘 마음껏 날아라

우리의 미래
통일 조국의 주인공
오는 세월은 다 너희들의 차지

네가 어찌 알 수 있겠니
아빠, 엄마가 너를 우리 학교에 보내려고
이사까지 한 뜻을

배우고 배우고 또 배워
우주를 무대로 하는 크나큰 꿈
보기 좋게 키우려므나

섬나라에 부는 바람은 거칠어
어여쁜 날개 펼친 애 어린 새들에게는
힘 겨울가 내 마음 걸리건만

그 어떤 미친 바람도
차디찬 눈비도
너희들을 다치진 못할지니

21세기의 천사야
교정에 만발한 봄꽃도 기뻐하는데
두 날개 한껏 펼쳐라
훨훨 날아라

– 초급부 1학년 입학식에 참석하여

백목련

2013.3

봄바람 안고 찾아왔구나
우리의 기쁨
봄의 사자여

무사시노(武蔵野)에 부는 바람
아직은 쌀쌀하건만
새 출발을 앞둔 학생들의
부풀어 오르는 가슴인양
희디 흰 화원
푸른 하늘에 무르익는다

너와 더불어 지혜를 자래우고
너와 더불어 담을 키워온
우리의 청춘들
그 슬기로운 희망과 꿈의 노래런가

학원 옆을 흐르는 냇물의
조잘거림과 어울려
목련꽃 가지가지에 설레는 바람소리
이 아침

한결 아름답구나

조국 위해 높뛰는 가슴들에 보내는
손벽 소리 신나는 환송곡이런가
양양한 그들의 앞길에
영광 넘쳐라 울리는
흥겨운 행진곡이란 말인가

티 없이 맑고 고운 목련꽃에 비겨
눈시울 적시며 가르쳐주던
지난날의 스승님
그 모습 떠오르네
"조국만이, 조국만이
재일동포의 운명을 좌우하는
생명의 별이라"고

진달래꽃

진달래 진달래 피었네
연분홍 진달래꽃
이 봄도 잊지 않고 피었네

찬 서리 이겨내고 피었네
내 고향 불러주는 진달래
이역의 하늘 아래 곱게도 피었네

실바람 한가득 품었는가
나의 꿈도 어렸는가
산들산들 손 저으며 춤을 추네

고향 마을 앞산을 붉게 물들이던 꽃
너와 함께 찾아가리
너와 나의 고향을

개나리

노란 개나리꽃
야들야들 피었네

아침마다 눈웃음 보내주는 꽃
저녁마다 기쁨을 안겨주는 꽃

이역에 핀다고 수줍어하랴
마음껏 뽐내려무나

여느 때 봄보다 곱게 핀 개나리
새 시대 새봄을 말해주는가

어여뻐라
봄의 사자여

찔레꽃

파도소리 사나운 바다가에서
너는 왜
나의 옷소매를 잡고 놓지 않느냐

바다가라
더 곱게 피었는가 찔레꽃
동해의 초여름 바람 가득 품었구나
가슴 속에 스며드네 그 향기

어린 시절
마을 앞 강기슭에서
언제나 만나 즐기던 꽃
모두들 어데로 갔을가
찔레꽃 너를 가운데 두고
숨바꼭질하던 환이랑 순분이랑

고향이 그리워질 때면
의례히 떠오르는 그 모습
너는 나의 청춘 속에
활짝 핀 꽃

내 고향과 더불어
내 마음 속에 피는 꽃

이국의 바다가에서
나를 놓지 않는 꽃이여
그립던 꽃이여

수련

고요한 호수에서 꿈을 꾸느냐
곱게도 피였구나 수련
백로의 목처럼 물우에 쑥 솟은
그 자태

물기 흐르는 꽃잎
춤추는 듯 활개를 펼치고
선들바람을 부르느냐
자랑에 넘치는 모습

꽃송이 부리처럼 내밀고
빛발은 령롱하여
나비와 벌들이 쌍쌍이 찾아드니
너는 정말 물가의 요정

아릿다운 그 모습 속에
풍겨오는 뜨거운 열정
너는 나의 마음을 꼭 잡고
언제까지나 바라보게 하는구나

진흙탕 속에서 솟아난
찬란한 꽃이여
휘황한 꿈을 꾸어라
세계는 너의 무대

월하미인

월하미인
너를 바라보면서
가을밤을 지새운다

그 눈부신 흰빛 때문이런가
아니면 상냥히 풍기는 향기 탓이런가
나는 잠들 수 없구나

한해에 단 한 번
하루 밤에 오무라지는
이 가련한 꽃을 혼자 두고
내 어이 잠들 수 있으랴

달빛에 빛나는 미인이여
너는 누구를 위해 피는 것이냐
그렇게도 아름답게

눈앞에 떠올라라
청춘을 바치고 먼먼 길 떠난
한 떨기 꽃 같은 그림자를

4부
김치 파는 처녀

왕대포
1993

다시 태여난 명월이
주안상을 차리는가
가까이에 볼 일이 있을 적엔
의례히 찾아보는 가게

갈치구이에 우거지국으로
하루 저녁을 즐기기 때문이런가
그 옛날을 불러 일으켜 주는
흐르는 선률의 속삭임 때문이런가

주방 아낙네들이 소근소근 주고받는
내 고향 사투리
어이 그리도 다정한 것인지

이역의 길목에서 차려지는 한잔 술
가게에 따라 별 차이가 있으련만
그 무엇일가
류달리 나의 구미를 돋구어줌은

신주쿠도 한 가운데

불로초 같은 이름을 달았구나
무엇보다도 음식이 입에 맞지
내 고향 자랑이 가게에 넘치지

찬바람에 거칠은 나의 목을
살뜰히 추켜주는 오아시스
'왕대포'
너의 자랑 잊지 말라
세월이 가도

김치 파는 처녀
2002

김치 사세요
맛있는 김치

해 저무는 역두 퇴근길로 분비는데
처녀는 웨친다

말투 입성이
분명 남녘에서 온 학생이다

일제 시기 간도에서는
앓아 누운 어머니의 약을 구하러
'꽃파는 처녀'가 있었는데

처녀야 너는
학비에 보태려고 김치를 파느냐
찬바람 부는 이역의 길가에서

엄마의 품이 그리울 나이인데
장해라
래일을 믿고 열심이냐

'전주정' 할머니
1996

세계 환락가에서도 손가락 꼽힌다는
여기 가부키초 뒷골목
조그마한 가게 하나

ㄴ 자형의 카운터에
둥글뱅이 나무의자가 대여섯 개
간판만은 큼직히 달았구나
'전주정'

예순 고개를 벌써 넘은 할머니
점주이며 료리사
어릴 적부터 어머니한테서 배워
료리 솜씨는 자신 있는 듯

쇠갈비와 설렁탕이
소주에 어울려
사장도 오고 다학 선생도 오고
교포 청년들이 오면
'역시 우리 음식이 최고다'
신이 난다나

곱게 꾸미지도 못한 가게
엉뎅이를 부딛쳐야 할 자리이건만
그 무슨 매력으로
손님들을 끌어당기는지

수 만리 남의 땅에 살아도
고향 맛 어머니 맛이 자랑이라
자기식 음식을 만들며 살아가는가
'전주정' 할머니

클럽
1996

신주쿠 가부키초에
밤마다 번쩍이는 스나크, 클럽들
서울 신사동을 방불케 하거니
수많은 치마 두른 간판
'아가씨', '만남', '부산 갈매기'…

두고 온 고향을 잊지 말라는가
'고향집' '온돌방' '뚝배기'
쓰라린 력사를 새겨두자는 것일가
'봉선화' '파랑새'
그 옛날의 나그네 설움은
아직도 끝나지 않았는데
또 '나그네'

진한 화장으로 시들어가는 청춘 아가씨들
무엇 때문에 왔을가
바람 어지러운 남의 나라에까지

서울이 비좁아서
밀려났단 말인가

부산에도
발붙일 곳이 없었단 말인가

란무하는 주먹
2003

지구우에
주먹이 란무한다.

주먹을 뽐내며
주먹 큰놈이
판을 친다

사람을 함부로 내리치고
어린이도 녀성도
사정없이

제 말을 듣지 않으면
닥치는 대로 갈긴다
아름다운 산하도
력사의 보물도

남의 아픔과 불행에서
희열을 찾는가
제 주먹 큰 것만 믿고 꺼들먹거리는

희세의 깡패

사람들의 기름과 피를 빨아
커질대로 커진
그 주먹
언제까지 간다더냐

치고 갈기고 하여 얻었구나
흉측하게 부어 오른 그 주먹
주먹 자랑은 결국
주먹에 맞아 망하고 말리

란무하는 주먹

호랑이

2004

동도 서도 없는 사막
피 묻은 이빨을 벌린 호랑이
순한 노루의 목덜미를 짓밟고
웨친다
네가 죽기 싫거든
안고 있는 새끼를 내놔라
이제라도 내리 덥치려는 듯
으르렁 으르렁

오랑캐
1999

백주에 출몰하는 오랑캐
전차 간에서 녀학생의 치마폭을 찢고
입에 담지 못할 욕질을 뇌깔이는

사람이 제작기
어떤 옷을 입는가는
내가 내로 사는 다치지 못할 자유

내가 내 옷을 못 입게 하는 것은
나의 삶 자체를 부정하는 것
이는 아울러 네가 너를 부정하는 것

대를 이어 칼부림이 몸에 벤 오랑캐
깊숙히 들어박히려무나
력사의 쓰레기통에

여름 우뢰

2002

우뢰가 터졌다
거창한 여름 우뢰

혹서에 시달려 늘어진 몸
불시에 전기가 꿰뚫어간 듯

동해의 하늘 높이를 비껴간
여름 우뢰
풍성한 추수를 알려주는 신호런가

조선사람도
일본사람도
사이 좋게 살기를 원하는데
그 누가 가져왔단 말인가
불모의 바다

길어져 가는 시간
바다물엔 적조만 늘어나고
성낸 파도는 기승을 부리는데

되살리자 불모의 바다
안아오자
생선 풍년 해초 풍년

망령

2002

백주에 망령이다

반 세기도 전에
먼 길 떠난 사무라이 괴수들
징그러운 탈을 쓰고

텔레비를 통해
남의 집 안방에도 기여 들고
신문 펼치는 출근길에도 따라와
사람을 못살게 군다

망령은 건망증인가
과거는 다 잊었단 말이지

김매다가 탄광에로 끌려간 젊은이들
그 무수한 무주고혼
오늘도 일본의 하늘땅을 방황하는데

처녀들을 끌어가
종군위안부로 지옥살이 시킨 것도

이젠 다 잊었단 말이지

흉칙한 망령
그 옛날이 그리워선가
래일의 망상으로 실성한 것인가
아마도 망령이 망령들었군

늑대

2004

동북 아시아에
늑대가 으쓱거린다

내 말을 들으면
밥도 주고 옷도 주마
염소를 노리는 늑대인 양
호랑이에 빌붙어 발광을 한다

허리에 찬 칼
뽑는 시늉을 하는가 하면
반쯤 뽑았다가
도로 꽂기도 하고

이따금 륙크에서 끌어낸
초밥곽을 펼쳐
냄새를 풍기기도 하고

평화롭게 잘 살기 위해 손을 잡자고
말은 찰떡 같지만
남의 옆구리에

비수를 대고 찌껄인다

늑대는 겉과 속이 달라
사람이 볼 때는 느릿느릿하지만
사람이 안볼 때는
쏜 살 같이 달린다

남의 흠을 따지려거든
먼저 제 잘못부터 챙겨야지
사람 행세 하려거든
죄 많은 과거를 돌이켜 봐야지

으쓱거리는 늑대
제 우리로 모시자

광풍
2007

렬도에
바람 소리 거칠구나
광기 사나운 바람
가는 곳마다에 휩쓸어

고베에 부는 바람은
민족교육을 지키려는 4.24의 거리에서
김태일 소년의 가슴에 흉탄을 퍼부은
바로 그 바람이다

도쿄 하늘의 미친 바람은
광기 더욱 사나와
아라까와(荒川) 의 방천과 강바닥을
살해된 조선 사람의 시체로 뒤덮은
간토대진재(關東大地震) 때
그 잔혹 무쌍한 바람에 방불하니

입을 열면
돈 자랑, 힘 자랑
틈만 있으면

제재요 대화요 하면서
피 냄새 풍기는 악독한 바람

저지른 죄과는 가시기도 전에
그 옛날의 징그러운 야망
또 다시 꿈꾸는 것이냐
세상이 다 아는 약은 수작
더덜이 난 상전의 울림장만 믿고

우리의 통일과 번영을 한사코 가로막고
시대를 거꾸로 내돌리려는 광풍

어떻게나 바로 잡아야지
상냥한 봄바람 불러와야지

장마
2009

섬나라
지루한 장마에 진절머리 난다

다다미 방에 곰팡이가 번져가고
밤이 깊으면
어둡던 력사만 되살아나는데

지옥에 간 승냥이들이 떼를 지어
진군 나팔을 불어 제끼는가 하면
건너 마을 개 짖는 소리가
장단을 맞춘다

가없이 높고 푸른 하늘을 불러와야
단잠을 이룰 수 있겠는데…

섬나라 장마
요즘 성미가 날카로워져
산을 무너뜨리고
강을 터치고
사람들을 오도 가도 못하게 하네

내 언제까지
발목을 묶이우고 견디란 말이냐
어서 불어다오
이 장마 곱게 쓸어내는
하늬바람아

승냥이의 치매증

섬나라의 승냥이
따뜻이 손잡아주는 벗이 없는가
쓸쓸히 바닷가만 헤매네

신기루마냥 떠 흐르는 것일가
쫓다 만 그 옛날의 허황한 망상이

요즘 승냥이의 기막힌 형편은
치매증이 아주 무거워진 것 같다니까
무엇보다도
지난날 일은 죄다 잊어버린 것

수많은 사람을 해치고
아세아의 광대한 천지를
생지옥으로 만든 것도
이젠 전혀 기억에 없다나

아무도 믿어주지 않고
욕하는 편이 많으니

승냥이는 점점 고독감에 사로잡혀
아마도 실성해진 것 같다니까

불룩한 헛배
오른 쪽 어깨를 쓱 내밀고 나가는 모습
가히 꼴불견이라
어쩐지 측은하기도 하고

가까이에서 보고 있는 터이라
우리 어찌 무심할 수 있겠는가
혹시 제 손으로
제 눈을 찌르지나 않을까 하여

악법
2005

림진강엔
어름이 풀리고
강물은 부드럽게 출렁이는데

삼각산엔
눈 온 뒤에 비 내리더니
다시 눈보라 사나와 지는구나

얼마나 사람을 울리면
성이 찬단 말인가
얼마나 많은
배우는 자유를 삼키고
얼마나 많은
만남의 기쁨을 훼방 놓면
배가 부르는 것이냐

언제까지
사람들 서로를 못 믿게 하고
언제까지

형제끼리 뱃놀이도 못하게 하느냐

삼각산에 치부는 눈보라
제 집으로 돌려보내자
따스한 햇빛은
그 언제면 내리 쬐는가

고마고을(高麗鄕)

2004

조상을 찾는 길은
나를 찾는 길일런가

고마신사(高麗神社)를 찾아가는 길 머리에선
장승이 먼저 맞아주네
천하대장군(天下大將軍)
지하녀장군(地下女將軍)
고마(高麗)역 개찰구를 나서자
눈앞에 다가섰다

고향에서만 본 버젓이 솟은 목상
이는 틀림없이 우리의 것이다
반갑기도 하고
그리워지기도 하고

코스모스 반겨주는 들길을 지나
경건히 들어선 고마신사
경내를 두루 살펴보고
'고려왕묘(高麗王廟)'에 머리를 숙였다

전란을 피해
건너온 고구려 사람들
미개지를 개간하여 농사를 짓고
문화를 전했다
사람들은 그들을 존경했고
어느새 이 곳을
고마고(高麗鄕)로 불렀다

고마가와(高麗川) 내가에서
점심 곽을 펼치면서 생각느니
천삼백 년도 전에
산 설고 물 선 이역 땅에 산 사람들
그 외로움을 어떻게 견디였는지
그 그리움을 어떻게 참았는지

꿈엔들 생각했으랴
천 년이 넘는 세월이 흐른 후에
유명 무명의 겨레가
끊임없이 찾아올 줄을

잊을 수 없구나
소망을 담은 액자들에 담긴 글들
아득한 옛날의 조상을 못 잊어 하고
조국의 통일을 념원한

조상을 찾는 길은
나를 찾는 길일런가

고류지(廣隆寺)

2004

홍송(紅松)으로 된 조각상
우러러보면 볼수록
아름다움에 말을 잊는다

은연히 내려다보는 심연한 사색
입가에 어리는 끝없는 자애
그 어떤 악도
한품에 안아 자래우는
인간 존재의 영원한 모습이런가

일본의 국보 제1호
교토 고류지의 미륵보살
이는
조선 사람이 만든 것이라고 한다

산문을 물러서면서
다시금 되새기나니
우리 조상들의
최상의 미감을

진다이지(深大寺)
2009

5월 훈풍에 이끌려
신록의 진다이지를 찾는데

조상이 나를 불렀는지
내 마음이 조상을 그리워했는지

샘물이 흘러 넘쳐 물레방아 돌고
오또기 시장으로 이름난 절

석가당에 안치된 불상
백제식 금동으로 된 백봉불(百鳳佛)
경건히 절을 올리는데…

어쩐지 낯익은 그 모습
우아한 미소와 흐르는 의상
그윽한 눈길로 나를 맞아주네

무사시노(武蔵野)는 조선 사람과 인연 깊은 곳
농경과 문화의 기술 집단이 왔단다

때는 삼국 시기
대표 인물은 복만(福滿)

이 고장에 문물을 장려하고
민심을 안정시키니
사람들의 칭송 그지 없었다나

간토(關東)에서 가장 오랜 백봉불
도래인(渡來人) 집단에 속한 불사(佛師)의 솜씨라고
이 절을 개창한 이는 만공상인(滿功上人)
그는 복만의 아들

명물 메밀 국수집에 들려
물소리에 잠기며 한숨 돌리는데
천 년도 넘는 일월(日月)이
한꺼번에 안겨 와라
만감 이길 수 없네

귀무덤
2005

온몸의 피가
얼어든다
'귀무덤(耳塚)'을 앞에 두고

세상에
듣도 보도 못한 괴상한 이름
'문화도시' 교토에 자리 잡은
'귀무덤'

임진왜란 때
조선에 침입한 왜군
조선 사람의 코와 귀를 베어
히데요시 앞으로 보냈다나
전과의 증거물이라고

임진(壬辰), 정유(丁酉)의 왜란
살해된 조선 사람은 기십만
아우슈비츠를 무색케 하는
잔학의 화신

저들의 군공(軍功)
후세에 남기려는 기념비란 말인가
언제든지 나설 수 있다는
오랑캐의 본성이란 말인가

가슴에 솟구치는 피는 말하네
피는 속일 수 없다고

울음소리

2005

이 밤
울음소리
구성지게 들려오네

절간에서 흘러오는
유골의 울음소리
사람 가슴
이토록 파고드는 것일가

탄광에 끌려간 사람들인가
학도병에 몰린 젊은이들일가

무엇을 생각하여
끝없이 우는 것이냐
무엇을 원망하여
그리도 애틋이 울고 우느냐

늙으신 부모님께
자식 노릇 못한 원통함이더냐

장가들어 이태 째
겨우 걷기 시작한 첫 아이
실컷 안아주지도 못한
아빠의 그지없는 안타까움이냐

해방이 되어 예순 해
그렇게도 가고 싶은 곳
그렇게도 기다리는 곳
왜 진작 찾아가지 못했던가

일본 땅 방방곡곡
터널 공사장에서
군사기지 건설장에서
험하고 힘든 일 도맡아 하더니
소문도 없이 가버린 그대들

죽어
찾아주는 임자 없고
그리운 땅

찾아갈 길 막막하여
이역만리 무주고혼

눈 못 보는 유골
말 못 하는 유골
제 고향, 제 집으로
존엄 다해 모셔야 할 례의(禮儀)
사람 도리 던져두고
도망치는 패거리들

과연 누구란 말인가
꿈도 희망도 새파랗던 젊은이들
낯선 이국 땅 외진 산기슭에서
피를 토하면서
피를 토하면서 숨지게 한 것은
과연 누구란 말인가

5부
포옹

단발머리 꽃이여

1980

이 세상 끝까지 함께 가자하더니
책가방만 남겨두고 가버린 그대여
참되게 살려는 뜨거운 그 마음
이 땅의 봄을 불러 남 먼저 달렸더냐
아 사랑하는 꽃이여
단발머리 꽃이여

태여난 제 땅에서 피여나지 못한 채
단발머리 애처롭게 쓰러진 그대여
한송이 꽃으로 그대는 졌어도
하나의 삼천리에 그 넋은 붉게 피리
아 사랑하는 꽃이여
단발머리 꽃이여

심연을 메우자

1985

천길이런가
만길이런가
그대와 나 사이에 소용돌이치는
깊디깊은 심연은

은하수를 사이에 둔
저 하늘의 견우와 직녀도
한해 한 번은 상봉이 있건만

갈라져 산 우리의 머리우를
스쳐간 풍설의 나날
아 헤아릴 수조차 없어졌구나

헤여져 지낸 세월의 갈피갈피에
그대를 못 잊어
그대 없이는 잠들 수 없어
몸부림치며 쥐여 뜯던 가슴
얼마나 아프고 쓰리더냐

그 누가 가로막았단 말인가

그대와 내가 만나는 길을
그 어느 놈이
파고 또 팠단 말인가
깊디깊은 원한의 심연을

봄이 와 꽃을 반길 때도
언제나 가슴 한구석에서는
서리 바람이 회오리 쳤고
창밖에 내리는 흰눈 바라볼 때도
이 간장 바싹바싹 타 들어 갔거늘

야수의 심술이더냐
악마의 작간이더냐
그대와 나의 뜨거운 포옹을
한사코 막아나서는 것은

우리는 절대로 떨어져 살 수 없는
천생배필
우리는 기어이 함께 살기 마련인
일심동체

사나운 세기의 풍운에 휩싸여
속절없이 흘러간 해와 달이
원통하고 절통하건만
이제부터면 어떠랴

어서 이리로 와요
손잡고 심연을 메우자꾸나
영원한 사랑의 동산
알뜰살뜰 가꿔보자꾸나

통일의 꽃
1989

하늘에서 내렸는가
땅에서 솟았는가
대동강 한복판에 피여났노라
한떨기 아름다운 꽃

무등산에 붉게 핀 진달래 꽃 마냥
자남산 언덕에 설레는
목수국 꽃인 양

자동차로 네 시간이면 닿는 길을
지구의 절반을 돌아
열흘이나 걸려 찾아갔단 말이지

진정 그대는
남녘 백만 학도의 화신이런가
온 남녘 겨레의 원화이런가

내 비록
이역만리에서 지켜보건만
누를 길 없구나

평양 하늘로 달리는 이 마음

두 손을 꼭 잡아보고 싶구나
민족의 슬기
귀여운 단발이여

얼어 붙은 강산에 새봄을 불러
청춘을 바쳐 다우치는가
아 통일의 꽃이여

잡은 손 놓지 말자
1993

만나면 서로
손을 마주잡고
마주잡고는 놓을 줄 모르는
우리의 손

내 고향을 떠나올 때
몸조심해라 어루만져 주시던
우리 어머니의 손
바로 그 손이네

어서 돌아와
아버지 없는 우리 집
남부럽잖게 꾸려 보자고
좌우로 움켜잡던 누님과 동생의 그 손

갈라져 산 낮과 밤
너무도 길어
온 겨레의 한마음
너무도 뜨거워

마주 잡고는
놓을 줄 모르는 우리의 손
놓지 말자
이냥 하나로 되자

−1993년 도쿄에서 벌린 통일미술전에 참가하여

8월의 노래

1995

8월이 오면
언제나 8월의 노래를 부른다

해마다
8월이 오면
감격의 그날이 떠오른다

이 마을 저 마을에서
구름처럼 떨쳐나선 남녀노소
모두가 부둥켜 안고
춤추던 일

무슨 계산이 있었는지
5년이면 완전 독립할 것이라고
모두들 신이 났드랬는데
5년을 열 번이나 거듭했으니

그 날 학교 운동장에 모여
해방 만세를 웨치던 할아버지 아버지들
이젠 만나기 힘들고

통일에 청춘을 바치겠다고 다투어 나서던
수 천 수 만의 남녀 청년들
지금은 모두 어디에 있는지

8.15 쉰 돐을
통일 1년으로 맞이하려는
겨레의 불타는 가슴
그 날의 태양인 양 이글거린다

8월이 오면
언제나 8월의 노래를 부른다
또 하나의
참된 8월을 불러

소
1986

소가 간다
소떼가
분계선을 넘는다
온 겨레가 박수 갈채

새들도 넘나들기 저어하는
대포 숲 속을
울긋불긋 화환을 목에 두른
누렁소 5백 마리

두 뿔을 들먹이면서
기쁨의 영각을 길게 뿜는가
줄지어 거니는 모습, 상상만 해도
아 대장관

우보천리라 했거니
한 걸음 또 한 걸음
차분히 착실히 풀어 나가자
삼천리에 사무친 원한

말없이 부지런한 힘장수
부디부디 일구어주렴
풍년새 노래하는 통일의 밭
우리 모두의 소원

봄 우뢰
2000

오늘 아침
봄 우뢰가 울렸다
온누리를 진동시켰다

실실 봄바람을 부르는가
백화만발하는
천하의 봄을 예고하는 것인가

얼어붙은 땅
굳게 닫힌 얼음장 부드럽게 녹여 줄
봄이 진정 온단 말인가

가는 봄은
계절과 더불어 다시 오기 마련인데
삼천리엔 오래도록
봄이 되돌아오지 않았다

우리의 봄은
어디에 가 있었단 말인가

어느 몹쓸 놈이
앗아 갔단 말인가

이 아침
나의 가슴 방망이로 두드려준
봄기운

이는 진정 봄이다
오래 만에 찾아온 우리 모두의 봄이다

우리 모두 한마음으로 가꿔야지
알뜰살뜰 길러야지
금수강산에 사철 꽃이 피는
영원한 봄을

포옹

2000. 6. 15

쓸쓸한 바람결이
스쳐 지날 간격은 없어라
포옹에는
그 무엇도 접어들
틈은 없어라

그것은 오직
뜨겁고 뜨거운 혈육의 정
그것은 오직
겨레의 한결같은 마음 한데 묶은
숭고한 조화

어찌 꿈엔들 생각했으랴
이처럼 가슴 벅찬 날이
이처럼 몸 떨린 시각이
이렇게도 빨리 올 줄을

얼마나 많은 시간이 흘러갔는가
얼마나 기다리고 기다렸던가

눈물을 흘리며
피를 흘리며

왜 이리도 자꾸 떠 오르는 것일가
오십 년 못 본 동생들의 얼굴이
통일을 애타게 부르짖다가
먼저 간 친구의 모습이
텔레비 화면 속에서
신문의 글줄 속에서

그 무엇도
접어들 틈이 없어라
허물 수 없는 7천만 한마음이런가
포옹

나무를 심자
2000

나무를 심자
한 그루 또 한 그루
오늘의 가슴 울렁임을 담아
래일의 꿈을 담아

나무를 심자
부산에서 신의주까지
회령의 산언덕에서
서귀포 바다가까지

스무 해 서른 해
먼 앞날이 손 저어 부른다
백년대계라
정성껏 나무를 심자

록음 짙은 삼천리에
새들의 노래 소리 울려 퍼져라
꿈을 담아
나무를 심자

설레여라 통일기

2000.9

설렌다
설렌다
통일기가 설렌다
새 세기의 봄 바람 품었는가
시드니의 하늘 높이 춤을 춘다

손에 손을 잡고
두 선수단이
하나의 선수단으로 나아간다
코리아 합동행진단
통일행진단

흰 바탕에 하늘색 지도의 통일기
남과 북의 대표가
함께 받들고 나아갈 때
올림픽경기장
11만 관중이 총기립하고

박수와 환성

축복의 발구름 소리
호주 대공에 메아리친다
오대양 륙대주에 울려 퍼진다

새 세기의 봄바람 품었는가
창공 높이 설렌다 통일기
7천만의 한결같은 념원을 안고
온 세계 사람들의 축복을 받으며

기쁨의 눈물
2000

기쁨의 눈물이 쏟아졌다
서울에서
평양에서

그 누가 막았다드냐
장장 반세기
얼마나 애타게 부르고 찾았는가

끊을 수 없는 하나의 피줄
찢겨진 그 아픔
어떻게 참을 수 있었더냐

아버지를 기다려
남편을 기다려
내리 쉰 한숨은 얼마나 되더냐

두고 온 어린 자식 죽어도 못 잊어
차디찬 눈물로 베갯잇을 적신 밤을
어떻게 헤아릴 수 있으랴
뜨거운 눈물

혈육의 상봉
어이 여기서 멈출 수 있으리
태백산 기슭에서도
두만강 류역에서도
우리나라 방방곡곡 그 어디에서도
마음껏 흘리게 하자
기쁨의 눈물

다시 태어난다면
2004

이따금 꿈을 꾼다
다시 태여난다면
무엇이 될가

림진강 나루
서성대는 길손들에게
어데서 왔느냐 어디로 가는 가고
따지지 않고 건네주는
다리가 될가

분계선 산마루
붓나무랑 이깔나뭇 가지를 날아다니면서
넘나드는 사람들이 기뻐하게
조잘대는 새가 될가

끝없이 푸르고 고운 하늘
칠천만이 부르는 통일 아리랑에 맞춰
둥실둥실 춤을 추는
흰구름이 될가

분계선의 코스모스
2004

울창한 숲 속
밤송이처럼 지뢰가 숨쉬고 있는데
코스모스 한 그루 곱게 피었네
깨여진 철갑모 우에

짖 궂은 눈비의 장난이런가
황토색으로 녹 쓴 철모
사정없이 때린 바람 참고도 모질었더냐
정수리가 터벌어지고

철모에서 돋았구나
바람에 살랑이는 분홍색 코스모스
너는 철모를 쓰고 달리던
그 젊은이의 재생이란 말인가

삼천리강산에
우리 겨레가 억 년 잘살기를 바란
그 젊은이의
다 부르지 못한 노래란 말인가

분계선에서 만난 귀여운 꽃아
너를 부여잡고 나는
웃어야 하느냐
울어야 하느냐

서곡
2004. 6

온화한 날이 오는가 보다
목소리 사납던 분계선에

허공을 오가던
확성기 소리가 멎었다
서로 밑질세라
힘 자라는 데로 웨치더니

이 란리통에
산새들이 노래를 멈추었다
계절을 알리는 벌레들도
입을 다물고

졸졸 계곡의
물소리 들려오네
수림에
바람소리 정답구나

새들아 이젠

목청껏 지저귀여라
벌레들도 입을 열고
멀지 않아 울려 올게 아닌가

아이들아 노래를 불러라
분계선 산과 들에
새날이 온다

아, 새날이 온다

절창
2005

한지맥의 산마루에
진달래는 붉게 타오르고
한줄기 계곡에
산새들 목청껏 노래하는 땅에
강물이 흐른다
강물이 굽이 친다

부모님
산소도 찾지 못하는
기나긴 해와 달
쌓이고 쌓인 억울한 설음
통일의 흐름으로 터지는 것인가

헤여져 산 형제들
찢겨진 가슴
더는 더는 참을 수 없어
함께 살기를 원하는 피맺힌 원한
통일의 흐름으로 살아지는 것인가

바다 먼 이역 땅
지하 막장에 '어머니'를 새기고

멸시에 이 갈던 한 많은 사연
어찌 다 헤아릴 수 있다더냐

동에 살아도
서에 살아도
우러르는 마음은 오직 하나
어머니 조국
온 겨레의 참사랑
통일 대하로 흘러 흘러라

호남벌이 넘실넘실
재령벌이 출렁출렁
오대륙에 파도 쳐라 희망의 물결
하나의 흐름으로 파도 친다

겨레사랑, 조국사랑 넘치는 강산이여
대동강이 소용돌이친다
한강이 굽이친다
7천만 겨레의 절창
통일 대하의 흐름소리
흐름소리

악수
2007.5

오월의 푸른 바람이
흥겹게 설레는 속에
손을 잡는다
높 뛰는 가슴 가까스로 누르며
두 손 마주 잡는다

어딜 에돌다
이제야 왔느냐
그 무엇이
형제를 찾는 길 막았단 말이냐

보고 싶어도
볼 수 없었던 긴긴 낮과 밤
얼마나 억울했던가
만리 이역에 부는 바람
그 얼마나 스산하였던가

잡은 손
놓지 말자

새 시대, 새 걸음
우리 힘 있게 내디디자

알고도 모르는 척 했던
어리석은 세월
우리 몇 갑절로 소중히 살자
허무하게 보낸 무수한 나날
몇 백 갑절로
값있게 살자

오월의 푸른 바람이
기분 좋게 설렌다
춤을 춘다

- 총련과 민단의 대표가 상봉하고 좋은 회담이 있었다는
  보도에 접하고

동이 튼다
2007. 10. 4

복 받은 삼천리에
훤히 동이 튼다

금수강산에
어둠을 말끔히 씻어내고
온 천지에 햇빛이 춤추는 그 날
통일의 새 아침은 밝아 오는가

갈라진 천지
하나로 숨 쉬는 그때를 위해
오직 그 하나만을 따라서
우리는 걸었었다
장장 예순 해
지칠 줄 모르고

꿈결에도 그리워하던 내 고향
그렇게도 아파하던 조국의 분단
통일의 대문에 들어서지 못한 체
바람 거친 이국의 길 머리에서 숨져간
헤아릴 수 없는 우리 형제

어이 잊을 수 있다더냐

남녘 겨레들의 피맺힌 원한
북녘 동포들의 가장 큰 소원
칠천만의 합친 힘으로
곱고 고운 화원으로 만발 하는가
통일의 새벽은 지새여 온다

부산에서 신의주까지
회령에서 목포항까지
신나게 달리는 급행 렬차의 기적소리
온 강산에 울려 퍼져라
울려 퍼져라

– 북남 수뇌 상봉의 소식에 접하여

신들메
2005

만남의 기쁨을 그리면서
신들메를 죄는 문턱에
두근거리는 가슴

손을 잡아야
살 길이 트인다
네가 오고
내가 가는 이 길에
아리따운 서기가 돈다

되살아나누나
농악이 신나던 해방의 그날
포플라 솟은 운동장에 넘치던
환희의 노래
희망의 노래

서산마루에 저녁노을 짙어져도
만남의 기쁨은 더욱 황홀할지니
남은 힘 보잘 것 없어도

으스러지게 잡으리
너의 두 손을

네가 오고
내가 가는 이 길에
연록색 새싹이 튼다
푸르 싱싱
꿈아 무르익어라

※ 신들메 : 신이 벗어지지 않도록 신을 발에다 동여매는
　　'들메끈'

잡은 손 놓지 않으리
2006

늘어진 버들가지
수면을 스치는데
오늘은 우리 동네 들놀이

총련 동포 민단 동포
함께 하는 큰 잔치
정말 오래 만일세

거리에서 만나면
외면하던 사람들
오늘은 얼굴마다
함박꽃 벙실벙실

불고기에다 술잔이 오가니
서먹서먹하던 자리도
허물이 없어진다

그렇다
찬바람 불면

목도리 둘러주는 우리가 아니냐
배고플 땐
비빔밥 나눠먹는 우리가 아니냐
사나운 우뢰도
손잡는 동네 사람들에겐
두려울 것이 없어라

버들 방천에
민족 장단 울려 퍼지니
흥에 겨워 일어선다
모두들
손을 잡고 춤을 춘다

웃물 흐려질 때도
아래 물은 맑아라
오랜만에 동기를 즐기는 기쁨
헤아릴 수 없구나
잡은 손 놓지 않네

백로가 홰를 친다

2010. 8

겨울도 아닌 8월
군사 분계선에
평화의 사자, 백로가 내려앉았다
통일의 새벽을 부르는가
크게 크게 홰를 친다

참을 수 없어
견딜 수 없어
남북관계를 파탄시키고
반통일 수작을 저지르는
원수들의 죄행을 볼 수가 없어

백수(白鬚)에 흰 두루마기의 할아버지
사생결단의 한마음 지니고
분계선 우에 거연히 섰구나

민족의 화해를 위해
한 몸 바쳐 나선 거인
통분의 분계선에서
평화통일을 심장껏 외친다

분계선의 하늘 땅에 메아리 친다

남쪽도 내 조국 땅
북쪽도 내 조국 땅
온 겨레의 화합과 행복을 바라
북을 찾아간 것이
어찌 죄가 될 수 있단 말인가

문익환 목사가 지나간
의로운 길
림수경 학생이 나아간
슬기로운 길
그 성스러운 길을
흰 두루마기의 사자
거보를 내디딘다

못 잊을 8월
분계선에 나타난 백로
크게 크게 홰를 친다
통일의 새벽을 불러

통일기 파도 친다
2011

통일기
통일기
온 장내에 설렌다

온 세계에서 모여 들었구나
우리의 그리운 형제들이
미국에서
카나다에서
독립국가 협동체와 멀리 유럽에서까지

하나의 조국을 부르는
온 겨레의 뜨거운 념원을 담아
통일기 련서운동
그 푸짐한 성과를 질머지고

연단에서 외치는 불타는 호소
내 가슴을 두드리네
세차게 높뛰게 하네

피눈물 뿌리며

이 세상 끝까지 흩어져간
원한의 세월
굽이굽이 더듬은 것이냐
분렬로 인해
시커멓게 멍든 가슴
부드럽게 어루만지는 것이냐

우리 민족끼리 힘을 합쳐야
반통일 세력을 물리칠 수 있다고
세차게 흔든다
통일기, 통일기

금수강산에 새봄을 내다보며
설렌다
칠천만의 대춤판 바라다보며
힘차게 설렌다
통일기
통일기
도쿄 하늘높이 파도 친다

― 6.15공동선언, 10.4선언 고수 실천 해외동포대회에서

봄바람 안아 오자

2011. 1

장백산맥이
아직도 눈에 덮였구나
태백산맥이
얼음장에 쌓여있구나

언제면
눈은 녹아 길이 트이고
산과 들에
새싹들이 돋아나려나

얼어 붙은 우리의 가슴 가슴에
봄 물결 철철 넘치고
닫혔던 말문이 탁 터지려냐

몰랐구나
반세기가 넘도록
아름다운 강산이
이토록 고통 속에 잠길 줄을

이대로는 살 수 없어라
너도나도 부르자
위대한 봄바람을
손잡고 안아오자

우리는
천지를 개벽하고
찬란한 문화와 력사를 창조한
단군민족이 아니냐

새봄이 오면
2011

새봄이 오면
내 맨 먼저 앞산에 올라
목이 터지도록 소리 질러 보리라
언제나 바라보는
서녘하늘 우러러
부르짖어 보리라
목이 터지도록

춘하추동 사계절 몇 십 성상 겪었는지
저녁 식사 마치면 언제나
이 자식의 안부를 묻는다는
우리 어머니
이제는 땅 밑에서 나를 찾고 있는지

끝없이 높고 푸른 내 고향 하늘
이 가슴에 끌어안고
그리운 노래
잊지 못할 형제의 노래
힘껏 불러 보잔다

새봄이 오면
무엇보다도
통일의 노래 소리 더 높이 울리리
북에선 남을 부르고
남에선 북을 애타게 부르는 노래

떨어져선 못사는 노래
길고 긴 세월 외치고 외쳐온
온 겨레의 노래
부르고 불러도
다시 부르고 싶은 노래
죽도록 불러보리

하나의 노래
새봄의 오면

6부
시조

자호천 나루가에

자호천 나루가에
버들방천 잘 있느냐

김매는 한여름엔
낮잠들 잘자더니

시원한 물결소리가
단잠 불러 주는지

봉선화

봉선화 꽃잎따서
손톱 곱게 물들이던

아가씬 어델가고
너 혼자 피었느냐

언제면 한동네 다 모여
큰 춤판을 벌리랴

무주고혼

2003

살아서 정처없고
죽어서는 임자없고

세월이 가고가도
그 원한 못풀었네

온 하늘 구름 다 모은
불벼락은 없는가

— 간또대진재를 회상하며

상추쌈

출가한 막내딸이
상추를 들고 왔네

한도껏 입을 벌려
두손으로 밀어넣니

지그시 삼키는 눈에
서녘하늘 비끼네

영춘화

봄기운 이끌기에
언덕길 거니는데

냇가에 야들야들
개나리꽃 반겨주네

이 가슴 줄달음쳐라
고향마을 냇가로

민들레

민들레 뜯어들고
우리누이 달려왔네

쌈사서 먹어보고
무침으로 맛을 보니

풍기는 새봄 향기를
그 무엇에 비기리

비바람 사나와도

비바람 사나와도
산악이 막아서도

밀치고 나아간다
형제들 팔을 끼고

내 고향 찾는 길에서
멈춰설순 없어라

객창

객창에 부딪치는
바람소리 스산하여

단잠을 청해오기
어려운 야심엘랑

아득히 더듬어보소서
그리워라 내 고향

안놓으리 다시는

불길속에 떠나간 님
못잊었네 단 하루도

상봉의 날 다가오니
내 품속에 봄이 피네

그립던 두손 잡고는
안놓으리 다시는

피를 나눈 한형제

새파란 번개불이
천둥을 몰아오고

뭉텅이 소낙비가
눈앞에 쏟아져도

끝까지 함께 간다네
피를 나눈 한형제

코스모스

들길을 거니다가
코스모스 만났거니

언제나 나를 보면
미소로 반겨주고

매마른 내 가슴에서
떠날줄을 모르네

꽃천지에 춤천지

강산에 꽃이 피는
봄바람 불러불러

한줄기 뻗은 마음
짚어온 발자취에

언제면 펼쳐지련가
꽃천지에 춤천지

7부
가사

가지가지 꽃이로다

부는 바람 사나와도
손을 잡고 나아간다
겨레사랑 나라사랑 대를 이어 빛내이며
유족하라 우리생활 서로 돕고 이끌면서
여기도 핀다
저기도 핀다
가지가지 꽃이로다

눈보라 몰아쳐도
어깨겯고 나아간다
통일강산 삼천리에 꽃보라를 뿌리고저
너도나도 손을잡고 함께가는 길동무라
여기도 핀다
저기도 핀다
가지가지 꽃이로다

가는 길

오늘도 또 하루가 지나가는데
래일은 개이려나 흐려지려나
타오르는 한마음 바친 길 우에
곱고고운 꽃들이 피여나는지

스치는 찬바람아 말 물어보자
덮치는 눈보라야 이야기 하라
나아가는 이 길에 스민 피땀이
록음짙은 가로수로 펼쳐지는지

해지고 달이뜨고 세월은 가도
너와나 다진맹세 변함 없거니
새아침을 맞으러 가는 이 길에
저하늘의 은하수여 빛을 뿌려라

영원한 보금자리

언제나 언제나 그리는 마음
이밤도 안겨와라 남강과 북악이
꽃피고 잎이지고 가는길 험해도
우러르는 한마음 못잊어라 그품을

그리워 그리워 잊을길 없네
이밤도 달려간다 금수라 삼천리
바람찬 이역땅에 흩어져 살아도
변함없는 한마음 그리워라 고국땅

해지고 달이뜨고 세월은 가도
영원한 보금자리 어머니 품이여
슬프고 억울하던 력사야 아주 가라
길이길이 빛내리 하나의 조국이여

달 가고 해가 가고
2011

달 가고 해가 가고
그 얼마런가
되살아 나누나 못잊을 그날
그대를 그리는 한마음
변치 않은 한마음
우리는 하나이니까
따로따로 못살아
너와 나 두손 맞잡고
새날의 노래를 부르자

기다리고 기다려서
그 얼마런가
꿈속에 만나서 흘리는 눈물
그대를 그리는 이밤에
견우직녀가 부러워
우리는 하나이니까
따로따로 못살아
너와 나 부둥켜 안고
환희의 춤판을 벌리자

버들방천

이역에 부는바람 거칠다 해도
가슴에 자랑안고 우리는 간다
봄바람 불어라 버들가지에
꾀꼬리도 짝을 지어 노래 불러라

비오고 눈내리고 세월은 가도
영원한 보금자리 잊을수 없네
버들숲 파도치는 하늘 저 높이
우리꿈 아름답게 수 놓아가리

백두에 한라에 눈이 녹는다
산과들 버들방천 함께 설레라
통일꽃 삼천리에 활짝 피는 날
온겨레 손을잡고 춤추기 위해

좋구나 천하명승 우리 금강

옥류동 물길따라 구룡연 찾아드니
은구슬 금구슬이 해빛안고 춤을 추네
내리솟는 폭포수는 우리겨레 기상인가
이녁살이 멍든 가슴 속 시원히 씻어주네

신비로운 물안개는 산굽이를 흘러돌고
하늘에는 구름우에 비로봉이 솟아있네
절벽아래 내려보니 상팔담이 완연한데
금수라 온 강산이 한가슴에 안겨오네

천선대 높이올라 오봉산 바라보며
만물상 천태만상 병풍으로 펼쳐지네
기암괴석 봉이마다 손저으며 다가서며
아름다운 내 조국을 잊지말라 말해주네

너만 있으면

철따라 부는 바람 어델 갔을가
이땅엔 겨울만 모였다더냐
거리엔 서리바람 회오리치고
싸늘한 눈총이 노려본대도
너만 있으면
미소로 반겨주는 너만 있으면
걱정없어
손잡고 새봄을 불러오자
어여쁜 꽃들이 웃음 떨치는

하늘의 달님은 어델 갔으가
이땅엔 별들도 없단말인가
어둠이 하늘땅을 휘둘러싸고
온몸에 소름이 끼친다해도
너만 있으면
내눈을 지켜보는 너만 있으면
걱정없어
손잡고 새아침 안아오자
눈부신 해님이 빛을 뿌리는

새봄을 불러

2009

두고 온 내고향 어이 잊으리
갈라진 조국땅 어이 참으리
산이 높다 강이 깊다 가릴 것이냐
삼천리에 꽃이 피는 새봄을 불러

우리 집의 살뜰한 행복을 바라
우리 겨레 영원한 번영을 위해
비가 온다 눈 내린다 마다할 소냐
통일잔치 춤을 추는 새봄을 불러

비가 온다 눈 내린다 마다할 소냐
통일잔치 춤 추는 새봄을 불러

자, 노래 부르세

– 축배의 노래

자, 손잡고 노래 부르세
오늘의 이 기쁨 함께 즐기세
한마음 이팔청춘 변함도 없이
꽃구름 뭉게뭉게 피워온 자랑
찬바람 물리치고 나가는 길에
꽃이 핀다 잎도 핀다
아, 노래 부르세

자, 손잡고 노래 부르세
오늘의 이 보람 함께 즐기세
금수라 삼천리에 새봄이 오라
부르는 우리노래 우리의 영광
사나운 눈보라 헤치는 길에
꽃이 핀다 잎도 핀다
아, 노래 부르세

고향 찾아 너도나도

찾아간다
찾아간다
고향땅 찾아서 너도나도
푸른 하늘에 흰구름 둥실
앞산 기슭엔 시내물 넘실
어디로 갔느냐 어디에 있느냐
그리운 그 품을 찾아간다

찾아간다
찾아간다
고향땅 찾아서 너도나도
버들방천에 꾀꼬리 꾀꼴
맑은 샘터엔 개나리 방긋
어디로 갔느냐 어디에 있느냐
잃었던 청춘 찾아간다

찾아간다
찾아간다
고향땅 찾아서 너도나도

산이 높다고 두려워 하랴
강이 깊다고 주저를 하랴
어디로 갔느냐 어디에 있느냐
내 소원 내 고향 찾아간다

90살의 투사_김두권 시인

코리아타운으로 유명한 신주쿠 외각에 위치한 시민 아파트에 방문한 것이 2013년 12월이다. 요코하마조선초급학교 운동장에서 조일 친선과 조선학교를 지역 사회에 알리기 위해 열린 무지개 축제에 방문했다가, 뜻밖에 선물로 시집 '운주산'을 받은 지 2개월 만이다. 과거 한국의 시영 내지는 주공 아파트를 연상케 하는 단촐한 집에서 김두권 선생 내외분을 만날 수 있었다. 그리고 몇 차례의 '뜨거운 상봉'을 통해 여전한 식민지 시대의 일본 사회에서 우리 말과 민족심을 지키는 데 헌신 복무 중인 늙은 투사의 청춘 같은 열정에 감동할 수밖에 없었다.

반세기를 넘어 이어진 인연은 필연이겠지만. 그 핵심에는 역시 우리말을 지키고 민족예술을 계승하고 있는 재일 조선인들의 마음의 고향인 '조선학교'가 있다. 해방 직후 우리말과 글을 가르치겠다는 1세분들의 열망과 각오는 미군정의 지배 논리와 일제의 동화정책을 극복하여 현재까지 이어져 오고 있다. 이 과정에서 반세기 넘게 조선학교의 민족교육과 민족예술을 지원하고 있는 북측 정부와의 남다른 관계로 인해 한국에서는 교류가 불가능했다. 물론 현재도 교류가 자유로운 것은 아니지만, 과거에 비해 조선학교는 세계 해외 동포사에 드문 성과로서 우리에게도 낯설지 않은 동포 교육기관으로 많이 알려져 있다.

조선학교에서는 우리 말과 글을 가르치는 것 외에도 민족성을 키워주기 위해 소조(동아리) 활동을 통해 체육과 예술 교육이 활발하게 이루어지고 있다. 또 그 성과를 모아 전국 단위의 부문별 경연대회가 오랫동안 열리고 있다. 미술의 경우 재일조선학생미술전(학미전)이 그것이다. 40여 년의 전통을 가지고 있는 학미전의 서울 전시를 기획하는 단계에서 학미전 사무국의 김명선 선생을 만나게 되었다. 지바(千葉)조선초중급학교 교원인 김 선생이 바로 김두권 선생님의 딸로, 대를 이어 민족교육에 헌신하고 있다. 이 작은 인연이 단초가 되어 더 늦기 전에 재일 조선인 문학예술가들의 작품들을 민족의 자산으로 기록을 남겨야겠다는 결의를 다지게 되었다. 그 첫 번째 작업이 1세 시인들의 개인 시선집 출판이다.

김두권 선생님의 사회생활은 민족교육으로 시작이 되었다. 경상북도 영천시 임고면 양평2리가 고향인 김 선생님은 일본에서 신문 배달 등 거친 일도 마다하지 않으며, 독학을 한 덕분에 교토인문학원(京都人文學園)에 진학할 수 있었다. 그나마 진보적인 경향의 학교라 차별도 적어 학업에 매진할 수 있었다. 그리고 당시의 유행을 쫓아 〈교토예술극장〉이라는 극단에 들어갔다. 일본어 학습과 연출을 배우기 위해서였다.

얼마 지나지 않아 '교직동'에서 사람이 찾아와 '지금 교토에는 우리 조선 아이들이 많은데 교원이 부족해서 아이들에게 우리 말과 글을 가르치지 못하고 있다. 지금은 교원이 절실하게 필요한 때이니 꼭 나와서 교원을 해달라'는 제안을 하였다. 당시는 해방 직후의 혼란으로부터 겨우 벗어나 '재일조선인연맹(조련)'의 지도 밑에 각지에서 '국어 강습소'가 열리고 동포 자녀들에게 교육을 시키려고 온갖 고생을 다하던 시기인지라 교원을 맡아 할만한 사람을 찾는 것은 당연했다. 하지만 아직은 학생의 몸으로 그런 요구를 순순히 받아드릴 수도 없었던 김 선생께서는 처음에는 제안을 사양하였다. 그렇지만 한신(阪神)지방에서의 4.24교육투쟁의 소식이 들리고 조련이 강제 해산되는 등 동포 자녀들에 대한 교육문제가 절실하고 심각한 상황에 몰리고 있었다.

한편 문공대(현재 가무단) 활동도 아주 활발한 시기였는데, 선생 역시 서진문공대(西陣文工隊)에서 활동을 하였다. 교토 시내는 물론 동포들이 모이는 장소라면 어디든지 뛰어들었고, 민요와 구전 가요도 부르고 춤도 추면서 활동하였다. 멀리 무학(舞鶴)이나 삼단(三丹)지방까지 순회공연도 다녔다. 〈교토예술극장〉이라는 극단에 다니면서 서진문공대에서도 활동하던 중 문공대 대장의 권유도 있고 해서 결국 교원으로 진로를 결정하게 된다.

당시 교토에는 조선중학교가 엔마치(円町)에 있었다. 여기서 중앙에서 나온 강사의 지도로 약 1달 동안 교원 강습이 진행이 되었다. 강습을 받고 난 후 김 선생께서 처음 배치된 곳이 교토시립 카미가모소학교(京都市立上賀茂小學校) 민족학급이었다. 일본 정부 당국의 조선학교 말살 정책에 대항한 투쟁의 결과로 타협한 것이 일본학교 내 민족학급의 설치였다. 김두권 선생님은 여기서 60여 명의 조선 아이들을 가르치는 교사로서 첫발을 내딛게 된다.

1953년 교토에서는 최초의 중등교육기관인 〈교토조선중고급학교〉가 개교하였다. 이 시기는 한국전쟁 기간이고, 일본에서는 미 제국주의와 요시다(吉田) 정부를 반대하는 민주세력들의 투쟁이 최고조로 달하던 때이다. 당연히 동포들은 모두가 가난했고 아침 일찍부터 생계를 유지하기 위하여 갖은 고생을 다하던 시기였다. 때문에 아이들의 옷은 초라했고 점심을 사서 가져오는 것을 보아도 〈히노마루벤토(日の丸弁当)〉가 대부분이었다. 그런 점심마저 못 가져오는 일도 허다했다. 그렇지만 아이들 뿐만 아니라 동포 사회에서는 학교를 지키고 민족교육을 이어나가려는 결의와 의욕은 차고 넘치고 있었다.

하지만 가장 큰 문제는 역시 우리 말과 글을 가르칠 수 있는 교원이 절대적으로 부족한 것이었다. 교원이 부족했으므로 1~2명의 조선인 교원으로 전부를 담당

해야 했다. 다른 하나는 자금 문제였다. 해방 후 조련이 강제 해산될 때까지의 초기에는 각 조련 지부 사무소를 개조하여 국어 강습소라는 간판을 달고 개설하는 데가 많았다. 널빤지로 사방을 막아 허술하게나마 교실로 이용하거나, 조금 나은 경우는 낡은 아파트를 구해서 그것을 개조하여 학교라고 운영하였다. 그것이 히카시구조(東九條)에 있던 교토조선제1초급학교였다. 하지만 조련이 강제 해산되고 학교 폐쇄령이 나온 후로 학교의 모든 재산은 몰수되었다. 서류, 책상, 가방, 자전거, 전화기 뿐만 아니라 심지어는 냄비나 식기류마저 모조리 다 빼앗아갔다. 그런 속에서도 동포들이 피 흘리며 지켜낸 곳이 바로 교토조선제1초급학교였다.

민족학교 교원으로서 격동의 5년을 보내던 중, 선생님은 양정(養正)소학교 민족학급 교원으로 재직 중이던 지금의 부인을 만나 가정을 꾸리게 된다. 그리고 1958년 4월부터 은각사로 자리를 옮긴 교토조선중고급학교의 국어교원으로 발령을 받는다. 정규 교육기관에서의 교원 생활의 새로운 출발이었다. 그 무렵은 총련이 결성되어 동포들의 권리와 생활을 지키기 위한 사업들이 활발하게 이루어지고 특히 조국(북측)으로의 귀국운동이 한창이던 시기였다. 그런 까닭에 학생 수도 갑자기 불어났다. 며칠 간격으로 편입생들이 끊임없이 전학을 와서 어느 교실 할 것 없이 책

걸상이 모자랐다. 그래서 교토에서는 엔마치 교사로는 수용 불가하여 동포들의 뜻을 모아 은각사 근처에 새 교사를 열었던 것이다.

칼바람 부는 이역 땅에서 살아온 동포들에게 귀국의 뱃길이 열렸다는 사실은 감동 그 자체였으리라. 매주 니가타(新潟)로 향하는 야간열차를 전송하느라고 교토역에는 수많은 동포들과 조선학교 학생들로 입추의 여지가 없을 정도로 붐볐다. 〈제 몇차 교토 귀국자 집단〉이라는 깃발과 함께 수많은 환송 현수막들이 휘날렸고, 우리 민요 〈옹헤야〉를 부르며 춤판이 벌어지곤 했다. 너도나도 어서 조국을 통일하자는 일념을 불태우던 시절로 학생들은 운동회 때면 귀국선의 모형을 만들고서 기세를 올리며 운동장을 한 바퀴 도는데 그럴 때면 동포들도 '좋다'고 외치면서 호응을 하곤 했다.

김두권 선생께서는 1963년 4월부터 고급부 교무주임으로 자리를 옮기게 된다. 교무주임 자리는 학생을 직접 지도하기보다는 교원들을 도와주고 교양 사업의 원활한 진행을 조정하고 관리하는 위치로서 업무가 쉽지 않았다. 학생 수가 갑자기 불어난 것도 있겠지만 그에 따라서 교원들도 갑자기 늘어서 교원들을 지도하고 학교 행정을 꾸려나가는 일은 교원 이상의 고단함의 연속이었다. '학우서방'에서 만든 교과서가 있기는 했지만 그것을 소화해서 교수안을 짜는 것은 힘든 일이었다. '조선대학'을 졸업한 교원은 아직 얼마 없었고 대다수가 일본 대학을 나온 사람들이었다. 교원들 속에서는 우리 말을 제대로 못 쓰는 사람도 적지 않았으며 심지어는 학생들로부터 우리 말과 글을 배운 교원들도 있었다. 하지만 모든 교원들이 정열에 불타 훌륭한 학생을 키우느라 일 년 열두 달 쉬지도 않고 밤늦도록 고생을 많이 한 시기였다.

당연히 월급 지급은 여의치 않았다. 1958년 당시 교원 초임은 5천엔 정도에 불과했다. 당시로서는 '충신불고가사(忠臣不顧家事) - 충신은 집안일은 돌아보지 않는다'라는 풍조가 강하게 있어서 그나마 급여가 나와도 집에 가져다 주는 경우는 거의 없었다. 학교 사업과 조직 사업에 다시 투여가 되는 것이 일반적이었다. 그래서 김 선생께서는 지금도 미안한 마음을 가지고 있고, 또 묵묵히 어려움을 참고 함께 해 준 반려자에게 평생을 고마워하고 있다. 1965년 8월부터는 총련 교토 본부 교육부장 겸 문화부장으로 영전하게 된다. 이후 1971년 초에는 문예동 중앙 사무국장으로 새 보직을 받아 일가 모두가 동경으로 이사를 하게 되었다.

바쁜 사업중에서도 우리말과 글을 지키기 위해 늘 문학을 가까이 하였고, 우리말로 된 시를 창작하는 데 매진하였다. 문예동중앙 부위원장 시절에도 대학교와 졸업생을 위한 시 창작 수업을 고집스럽게 이어

나갔다. 문예동 고문을 끝으로 일선에서 물러나서도 평생 한 길로 같이 달려온 동지들과 힘을 모아 〈종소리〉라는 시동인회를 만들어 오늘까지 이어오고 있다. 새 시대가 열리는 2000년 새 세대에게 민족성을 고양하고, 우리 말과 글을 지키기 위한 노력의 일환이었다. 기민정책을 펴온 한국 정부와 달리 해외 공민으로 받아주고 지속적인 지원을 이어온 북측에 대한 '송가'의 시절을 지나 직접적이고도 치열했던 일본 정부의 탄압과 차별에 맞서 사상성과 계몽성을 강조했던 이전과 달리, 시대정신과 민족성에 무게 중심을 두고 예술적 감동과 서정성에 충실한 시 창작을 통해 통일 조국의 미래를 전망하는 새로운 투쟁을 시작한 것이다.

살아온 날 보다 살아갈 날이 얼마 남지 않은 김 선생님이 가장 보람차고 영예로 생각하는 것이 바로 민족교육에 헌신했던 시절이란다. 그래서 지금도 교토 중고의 졸업생들이 모이는 동창회와 교원OB 모임에는 빠지지 않는다고 한다. 당신이 가르친 제자들이 동포 사회를 위해 애쓰고 어려운 여건에서도 그 자식들을 다시 조선학교에 보내고 있어 동포 사회가 하나의 화원 안에서 대가족을 이루고 있다는 것에 보람을 느끼고 있는 것이다.

가장 가슴이 아픈 것은 그리운 고향인 〈영천〉에 가보지 못하였다는 사실이다. 남과 북의 정세가 좋았던

2000년 고향방문단에도 다른 이들을 먼저 배려하여 나중으로 미루었다가 결국은 아직도 고향 땅을 밟아 보지 못하고 있다. 아버지를 일찍 여의고 어머님과 누님의 극진한 보살핌으로 성장했던 어린 시절의 기억이 지금도 그대로다. "3년이면 다시 돌아오겠소"라고 적은 작별 인사가 벌써 반세기를 훌쩍 넘어 버렸다. 겨울철이면 소학교로 가는 마을 앞 시냇물을 건널 때 동생의 발이 시릴까봐 아침마다 업어서 건네주던 누님도 돌아가셨지만, 그래도 그 묘소에라도 찾아가 인사를 드리고 싶은 것은 인지상정. 그렇지만 여전한 정세 탓으로 인해 김 선생님의 입국은 어려운 현실이다. 그래서 이번 시인의 시선집의 제목도 '내 고향'이 되었으리라.

김두권 선생을 만나고 돌아올 때면 늘 가슴이 먹먹하고 또 뜨겁다. 90살의 노구에도 쉼 없는 열정으로 우리말을 지키고자 창작을 놓지 않는 모습은 경이롭기 까지 하다. 반면에 또 다른 별리의 아픔을 가진 재일 이산가족으로서의 인간적인 아픔은 깊고 크다. 일본 사회가 보수화되어 가면서 더욱 심해진 차별과 탄압 앞에서 그 잘못을 지적하는 모습은 올곧기만 하다. 세월이 흘러도 변하지 않는 투철한 민족의식과 통일의 비전은 혁명가의 그것과 다르지 않다. 그래서 김 선생님과의 소중한 인연을 떠 올릴 때 늘 기억나는 문구가 있어 만남의 의미를 다시금 새기고자 한다.

'탄자니아에서 교육을 받는 청년들은
자신의 교육을
가능케 하기 위해
이 땅의 노동자, 농민이 치러야 했던
희생에 대해
보답을 해야 할 의무가 있다.
만일 자신의 지식을 노동자, 농민에게
되돌리지 않는다면
그는 조국 탄자니아를 배반한 것이다'...

아프리카 탄자니아 교육헌장(1969년)

이철주(문화기획자)

말이 곧 민족이다

우리가 내고 있는 동인시지 〈종소리〉의 한 독자가 필자에게 보내온 편지에서 "고향을 사랑하는 시인, 꽃을 사랑하는 시인"이라고 불러 주었다. 참으로 고맙기도 하고 책임도 더 느끼게 했다. 사실 고향을 쩨마(thema)로 하는 작품은 재일동포 시인들 속에서 내가 비교적 많이 쓰고 있는지 모른다.

고향은 나의 인생살이에서 출발점이자 종착점이다. 고향을 하직한 지 60여 년, 그간 한 번도 찾아가지 못한 쓰라리는 가슴을 달래면서, 어느 하루도 잊은 적이 없었다 하여도 과언은 아닐 것이다. 고향을 되찾고 통일된 조국 땅, 그 품에 안기는 것이 필생의 소원이다.

〈종소리〉라는 말이 나온 김에 이에 대하여 좀 이야기 하고 싶다. 시지 〈종소리〉는 뜻 깊은 2000년의 새봄에 고고의 소리를 울리기 시작했다. 계간이기는 하지만 15년 간 한 번도 쉰 날이 없었으며, 금년 말에 60호까지 그간 내외의 많은 동포들로부터 도움과 격려를 받아 적지 않은 반향을 불러일으키면서 장족의 발전을 볼 수 있었다.

독자가 많이 늘어난 것이 무엇보다도 기뻤으며 이와 함께 집필진이 확대된 것이 좋았다. 종래 시를 쓰는 사람은 주로 1세대였는데, 지금은 새 세대가 주연을 담당하게 되었다. 그리고 기쁘고 감격스러운 일은 조국이자 고향인 북과 남의 시인들이 매 호 원고를 보내주고 있으며, 재중 시인들도 빠짐없이 투고해주고 멀리 독일에 사는 시인까지 원고를 보내주어 고맙기 그지없다. 이와 같은 사실은 과거에는 상상조차 못한 것으로서 오늘 우리 모두의 가슴들이 얼마나 너그러워지고 진지해지고 있는가를 짐작케 한다.

〈종소리〉 발전에 고심한 친구들과 그간 많은 것을 이야기해 왔다. 그 중에 몇 가지를 적어 본다면, 무엇보다도 우리의 〈종소리〉가 재일동포 속에 민족성을 바로 세우는데 선차적인 힘을 기울여야 하며, 나아가서 조국의 통일 위업에 이바지하는 것으로 되어야 한다는 것이다. 민족적 정체성과 정통성을 고수하는 문제는 재일동포들에게 있어서는 존망을 좌우하는 생명적인 문제이다. 지난 날 어떤 일본의 지도급 정치가가 재일 조선인은 조만간 동화될 운명에 있다고 떠벌렸다. 지금도 지배층의 사고에는 변함이 없다고 할 수 있다.

재일동포들의 구성의 변화를 볼 때, 지금 1세는 거리에서 만나기 힘들게 되고 있으며 2세, 3세, 4세가 중심으로 바꿔졌기 때문에 더욱 그러하다. 〈종소리〉 편집부에 보내오는 독자의 의견에서도 여러가지 나온다. 〈종소리〉에 일어 작품은 실을 수 없는가. 또는 일본어 대역을 붙여서 발표하면 어떤가 등등. 그러나 언어 문제는 〈종소리〉 출발의 정신으로 보나 복잡한 환경을 고려한다 해도 추호의 양보도 있을 수 없는 원칙적인 문제이다.

조국 통일, 이 문제는 칠천만 겨레 앞에 나서는 지상의 과업이면서 특히 해외에서 사는 동포들에게는 더욱 절박한 문제라고 아니할 수 없다. 재일동포들의 모든 불행의 화근이 민족의 분렬, 조국 강토의 분단에서 오는 것이라고 하면 과언이겠는가.

다음으로 창작 사업에서 강조된 것은 우리 동포들이 리해하기 쉬운 시를 쓰자는 것이다. 지난 해, 대학 교수를 30여 년 경험한 오랜 친구를 만났을 때에 들은 말이 재미있었다. 그는 시를 읽어보는데 어떤 작품은 네 번 다섯 번 읽어도 무엇을 말하려는 것인지 모르는 작품이 있더라고. 아무리 고상하고 형상성이 높다 한들 대학 교수를 오래 경험한 선생이 몇 번이나 읽어도 모르겠다고 한 시가 과연 우리에게 무슨 소용이 있겠는가. 재일동포는 그 구성이 바뀌어지고 있을 뿐 아니라 그들의 언어 생활은 일어가 주로 되고 있다. 이와 같은 현실을 참작하고 그들의 우리 말 실력을 높여 주는 것을 념두에 두면서 평이한 우리 말 시를 더 멋지게 써야겠다는 결론에 이르지 않을 수 없다.

지난 날 서울에서 온 한 식자가 과분한 평가와 격려를 해 주었다. '고국 땅 먼 해외에 살면서 모국어로 시 잡지를 계속 낸다는 것은 경탄할 일이다"라고. 시지 〈종소리〉는 내 인생의 한 고비에서 다정한 벗들과 진정을 부딪치면서 즐기는 사교장이며 재일동포들의 정신적 흔적과 지향을 감촉케 하는 사기(史記)의 하나로 될 것이다.

시지 〈종소리〉에 대한 이야기를 주로 한 나의 소회가 길어진 감이다. 우리 시는 우리 동포가 주인이라는 립장을 똑똑히 하면서 애족애국의 성스러운 길에서 다소라도 보탬이 된다면 그 이상 또 무엇을 바라랴.

끝으로 시집에 대한 기탄없는 의견이 독자 여러분들로부터 많이 나오기를 간절히 바라면서…

2014년 봄
이역만리 일본 도쿄에서
저자 김두권

혁명가의 조용한 역사

일본에서 지낼 때 조총련 문학에 대한 아쉬움을 표하는 글을 발표한 적이 있다. 「소수집단(minority)의 세 가지 동굴—재일조선인 문학에 부쳐」라는 글이었다. 조총련 문학은 세 가지 동굴에 갇혀 외면 받고 있다는 내용이었다. 첫째는 일본 사회에서 차별받는 외국인 문학 그것도 가장 차별받는 북조선(일본식 표현)과 연관된 동굴에 갇혀 있다는 점, 둘째는 일본인은 모르고 나아가 재일교포 3세 이후라면 읽기 힘든 한글로 글을 쓴다는 외래어의 동굴, 셋째는 수령형상문학을 중점에 두고 있다는 정치적 동굴을 지적하면서, 이러한 상황에서는 '재일조선인 한글문학'이 세계문학의 보편성을 얻기 어렵다고 지적했던 글이다. 이 글이 발표되고 김학렬 선생님 등 조총련에 소속된 문예동 선생님들이 와세다 대학에 있는 필자의 연구실에 오셨다. 이제는 세상을 달리하신 고(故) 김학렬 선생님께서 그때 하신 말씀이 아직 내 마음에 울린다.

"여기 일본땅에서 평생 조선어로 글 쓰는 문예동 소속 작가들은 어떤 지령에 따라 글을 쓰는 몰모트가 아닙니다. 한 인간을 신처럼 받드는 신흥종교의 신자들이 아닙니다. 일본에서 차별받으며 살아갈 수밖에 없는 현실 속에서 일본이라는 제국과 싸우는 혁명가들입니다. 우리는 혁명가라는 생각으로 글을 써왔습니다."

이 분들이 스스로 혁명가라고 생각하고 있다는 것을 나는 처음 들었다. 그날 김학렬 선생님의 말씀을 들으며 해방후 재일교포 1세대들의 아픔을 들을 수 있었다. 그리고 2012년 도쿄 평화시 낭독회 등을 함께 기획했고, 재일조선인 시선집 〈치마 저고리〉도 낼 수 있었다. 그때마다 늘 조용히 앉아 계시며 나지막히 챙겨주시던 분이 김두권 선생님이시다.

그리움

디아스포라(Diaspora)는 팔레스타인 외역(外域)에 살면서 동일한 종교규범을 가졌던 유대인 및 그들의 거주지를 가리키던 그리스어다. 일본 식민지 때 만주와 일본과 중앙 아시아로의 강제 이주, 한국전쟁 이후 노동 수출로 시작된 미주로의 이주 등도 디아스포라의 한 유형이 되었다. 지역에 따라 미주에 사는 한국인을 일컬어 코리언 아메리컨, 중국에 사는 한국인을 조선족, 일본은 '재일한국인 · 조선인'을 함께 불러 '자이니치'[在日], 중앙 아시아 지역은 고려인이라 하고 있다. 그리고 이 모두를 일컬어 편의상 '코리언 디아스포라'라고 칭하곤 한다.

디아스포라 시인들의 시에서 공통적으로 나타나는 가장 중요한 정서는 그리움이다. 그중에 가장 안타까운 현실은 일본에 사는 코리언 디아스포라가 아닌가 싶다. 가장 가까운 곳에서 이념 때문에 오가지 못하는 상황에 놓여 있는 것이다.

첫시집 〈아침노을 타오르다〉(1977)부터 시집 〈조국 그 이름 부를 때마다〉(1985), 〈운주산〉(2004), 〈자호천〉(2014)에 이어지는 그의 네 권의 시집 앞부분에서 빠짐없이 등장하는 것은 고향을 향한 그리움이다.

1925년 경상북도 영천시 임고면 양평 2리, 시인의 고향 풍경이 시집 곳곳에 표현되고 있다. 마을 앞에 흐르고 "황새무리 너울너울 춤추고/농악소리 구성지게 울려"《자호천》, "요즘 자꾸/내 눈앞에 떠오르는"《운주산》 고향 풍경은 시인의 무의식에 인장(印章)처럼 찍혀 있다. 운주산과 자호천은 지금도 포항시에서 가까운 명소다. 거기서 자란 시인은 "자네와 나는/소학교 6년간을 한 교실에서 배웠다/낯선 서울 땅에서/옹근 이태를 한방에서 묵었다"《죽마고우를 불러》, "삼년이면 돌아온다고 맹세했건만"《누님에게》, 일본에 가게 된다.

《아직도 철없던 시절에 흩어진/누나와 동생/난데없이 나타난다/애타게 손 저으며 웨친다/'죽기 전에 만나자'고/기차를 타고 리별한 탓인지/올라타자마자 왈칵/눈물이 쏟아진 탓인지/렬차를 탈적마다 새로워지는 옛 추억/오사카 도쿄 사이/온 종일 걸리던 때로부터/두서너 시간이면 닿게 된 오늘에도/나의 고향길은/아직도 아득하구나》(시《이 철길 어디까지 달리면》)

디아스포라 작가의 작품에는 공통적으로 드러나는 무의식이 있다. 고향에 대한 절절한 그리움, 모국어, 민족의식·무국적성, 차별 당한 트라우마 등이 강렬하게 나타나는 종요로운 키워드로 주목된다. 물론 인간이라면 누구나 마주치는 실존과 고독, 죽음 등의 보편적인 문제도 있으나, 디아스포라가 겪고 있는 이와 같은 무의식은 보다 선명하다고 할 수 있겠다.

　이러한 무의식을 토대로 디아스포라 작가는 자신이 자란 상황에 따라 나름의 문학세계를 구축(構築)한다. 가령 자이니치(在日) 3세로 태어나 모국어를 모르는 유미리는 디아스포라 문제와 현대적 실존의 문제를 융합시키면서 문학적 글쓰기를 실존적인 극한에서 전개하고 있다. 반면 한국에서 태어나 도일하여 북한의 이념을 택한 자이니치 1세대 김두권 시인의 무의식 속에는 고향이 남아 있다. 부모님, 누님, 동생, 죽마고우가 모두 고향에 두고 이국 땅에 왔건만 돌아가지 못하는 상황, 그러면서도 이국땅에서 혁명가로서의 길을 버리지 않는 다중적인 삶을 살아가야 하는 것이다. 그것이 자이니치 2세대 양석일, 자이니치 3세대 유미리 등 일본어로 글쓰기를 하는 재일 작가들과 전혀 다른 변별성을 보여준다.

리얼리티

디아스포라 문학을 볼 때, '흡수·배제'의 논리로
보는 것은 가장 비문학적인 태도가 아닐까. 민족문학
의 이름으로 흡수하려 하거나, 반대로 지역이나 언어
가 다르다고 외국문학의 항목으로 배제하는 태도는
평가자가 오로지 중심이 되고 싶어 하는 욕망이 아닐
까. 가장 중요한 것은 디아스포라 작가가 살았던 삶
의 리얼리티에 그 증환(症幻)에 주목하는 것이 핵심
일 것이다. 한국문학으로 흡수하거나 반대로 배제하
려는 흡수/배제의 논리 모두가 문학의 주목하는 삶의
현장을 거세시켜 버린다.

2부에서는 본격적으로 자이니치의 삶이 그려져 있
다. "재일동포는 이사가 많아/열 번 했다는 친구를
만난 일이 있거니/이번 일곱 번째를 이사"《이사》하
며 살아온 김두권 시인은 신문배달 등 온갖 일을 하
며 독학하여 1951년 교토인문학원에 진학했다. 그나
마 진보적인 경향의 학교라 차별도 적어 학업에 매진
할 수 있었다. 그리고 당시의 유행을 쫓아 〈교토문예
극장〉이라는 극단에 들어갔다. 일본어 학습과 연출을
배우기 위해서였다.

3부에서는 1953년 교토시립카미가모소학교 민족
학급 교원으로 일했고, 1958년 교토조선중고급학교
교원 및 교무주임으로 근무했던 교육자로서의 김두
권 시인을 만날 수 있다. "가슴 펴고 살아라/녀왕처

럼 살아라/너는 식민지에 살면 안 된다/분단된 나라
에 살면 안 된다"《할아버지의 당부》는 구절처럼 민족
적 자긍심을 함뿍 담고 있는 시편들이다.

《꽹과리가 앞서고/징, 북, 날나들이 뒤따르면서/멋
나게 돌아간다/무대에서 보는 농악무도 좋지만/넓은
운동장이 더 어울리네/농악이야 원래/들판에서 생긴
거지/언제 배웠느냐 너희들/어떻게 익혔느냐/독특한
풍장에다 민족장단/휘몰이 장단이 장내에 넘치는데/
무동이 재주를 부리고/열두 발 상모가 신나게 돌아가
니/농악무는 바야흐로 절정》(시 《농악무》)

운동회가 고조되는 순간에 펼쳐지는 농악무에 대한
시편이다. 김두권 시인은 서진문공대(西陣文工隊)라
는 가무단에서 활동했었고, 동포들이 모이는 장소라
면 어디든 가서 민요와 구전 노래도 부르고 춤도 추었
다. 무학(舞鶴)이나 삼단(三丹)지방까지 순회공연도 다
녔다. 〈교토문예극장〉이라는 극단에 다닌 예능인의 입
장에서 학생들의 농악연주는 더욱 반가웠을 것이다.

이후 활동하던 서진문공대의 대장의 권유로 교원으
로 진로를 결정하게 된다. 이후 시인은 1960년대말까
지 교사로 살아간다. 시집의 분량으로 보아도 선생을
화자로 해서 쓴 시는 분량이 적지 않다. 1948년 한신
(阪神)지방에서의 4.24교육투쟁의 소식이 들리고, 조
련이 강제 해산되는 등 동포 자녀들에 대한 교육문제
가 절실하고 심각한 상황에 몰릴 때, 교토에 있는 조

선중학교에서 교원 강습을 받고 김두권 시인은 선생이 되었다. 선생이 처음 배치된 곳이 교토시립 카미가모 소학교(京都市立上賀茂小學校) 민족학급이었다. 김두 권 시인은 여기서 60여 명의 아이들을 가르치는 교사가 된다. 당시 그의 삶은 아래 인터뷰에 잘 드러난다.

"가장 큰 문제는 역시 우리 말과 글을 가르칠 수 있는 교원이 절대적으로 부족한 것이었다. 교원이 부족했으므로 1~2명의 조선 교원으로 전부를 담당해야 했다. 다른 하나는 자금의 문제였다. 해방 후 조련이 강제 해산될 때까지의 초기에는 각 조련 지부 사무소를 개조하여 국어 강습소라는 간판을 달고 개설하는 데가 많았다. 널빤지로 사방을 막아 허술하게나마 교실로 이용하거나, 조금 나은 경우는 낡은 아파트를 구해서 그것을 개조하여 학교라고 운영하였다. 그것이 히카시 구조(東九條)에 있던 교토조선제1초급학교였다. 하지만 조련이 강제 해산되고 학교 폐쇄령이 나온 후로 학교의 모든 재산은 몰수되었다. 서류, 책상, 가방, 자전거, 전화기뿐만 아니라 심지어는 냄비나 식기류마저 모조리 다 빼앗아갔다. 그런 속에서도 동포들의 피 흘리며 지켜낸 곳이 바로 히카시구조(東九條)에 있던 교토조선제1초급학교였다." (인터뷰 「90살의 투사, 김두권 시인」)

거의 20여 년을 선생으로 지냈기에 김두권 시인의 시에는 학교에 대한 교육시가 많다. 1965년 8월 총련 교토부 본부 교육부장 겸 문화부장으로 옮길 때까지

그는 박봉으로 생활하며 선생으로 지냈다. 이후 1971
년 초에는 문예동중앙 사무국장으로 새 보직을 받아
일가 모두가 도쿄로 이사한다. 이후에 그의 눈은 한
단계 더 넓은 시각으로 세상을 보게 된다. 경계(境界)
에 서서 일본과 남북한을 보는 디아스포라의 시들이
이때부터 심연에서 발화되기 시작한다. "조선해협에는
/ 눈에 안 보이는 철망이 높이 솟았다"《길이 막혔다》는
구절처럼 남과 일본으로부터 외면 당하는 주변인의 시
각에서 리얼리티를 짚어내며 아래와 같은 시를 썼다.

《김치 사세요/맛있는 김치/해 저무는 역두 퇴근길
로 분비는데/처녀는 웨친다/말투 입성이/분명 남녘
에서 온 학생이다/일제 시기 간도에서는/앓아누운 어
머니의 약을 구하러/'꽃파는 처녀'가 있었는데/처녀
야 너는/학비에 보태려고 김치를 파느냐/찬바람 부는
이역의 길가에서/엄마의 품이 그리울 나이인데/장해
라/래일을 믿고 열심히냐》(시《꽃 파는 처녀》)

이 시에는 일본에서 만난 '남녘에서 온 학생'이 등장
한다. 한국에서 온 유학생이 김치를 팔고 있다. 그런
데 시적 화자는 북한의 고전 〈꽃 파는 처녀〉의 장면을
끼워 놓는다. 남한의 여학생이나 북한의 처녀나 모두
성실한 한 민족임을 짧게 드러내고 있다. 짧은 순간이
지만 동북 아시아의 풍경이 담겨져 있는 소품이다.

이외에 일본에서의 리얼리티가 펼쳐진다. "세계 환

락가에서도 손가락 꼽힌다는/여기 가부키초 뒷골목/
조그마한 가게 하나"에는 예순 고개를 넘은 〈전주정
할머니〉가 등장하고, 역시 "신주쿠가부키초에/밤마
다 번쩍이는 스나크, 클럽들/서울 신사동을 방불케 하
거니/수많은 치마 두른 간판/'아가씨', '만남', '부산 갈
매기" 클럽들 이름은 " '고향집' '온돌방' '뚝배기'/쓰라
린 력사를 새겨두자는 것일가/'봉선화' '파랑새' "《클
럽》라는 간판을 보며 시인은 아직도 나그네 설움이 끝
나지 않았다고 쓴다. 서울인지 부산인지에서 왔을 진
한 화장으로 시들어가는 청춘 아가씨들을 보며 "서울
이 비좁아서/밀려났단 말인가/부산에도/발붙일 곳이
없었단 말인가"라며 한탄한다.

트라우마의 극복

사실 필자가 주목하여 본 부분은 디아스포라가 보
는 정치적 시각이다. 경계(境界)에 서 있는 디아스포
라는 양쪽을 볼 수 있다. 자이니치 디아스포라는 일
본/북녘/남녘을 볼 수 있는 시각을 갖고 있다.

《반 세기도 전에/먼길 떠난 사무라이 괴수들/징그
러운 탈을 쓰고/망령은 건망증인가/과거는 다 잊었단
말이지/김매다가 탄광에로 끌려간 젊은이들/그 무수
한 무주고혼/오늘도 일본의 하늘땅을 방황하는데/처
녀들을 끌어가/종군위안부로 지옥살이 시킨 것도/이
젠 다 잊었단 말이지》(시《망령》)

《고베에 부는 바람은/민족교육을 지키려는 4.24의 거리에서/김태일 소년의 가슴에 흙탄을 퍼부은/바로 그 바람이다/도쿄 하늘의 미친 바람은/광기 더욱 사나와/아라까와(荒川)의 방천과 강바닥을/살해된 조선 사람의 시체로 뒤덮은/간토대진재(關東大地震) 때/그 잔혹 무쌍한 바람에 방불하니》(시《광풍》)

인용시의 제목 《망령》, 《광풍》이 말하듯이, 김두권 시인의 시에는 몰락이 있고, 슬픔이 있다. 그 몰락과 슬픔을 시인은 용기로 질서화 한다. 용기란 두려움 없이 위험, 불행, 공포, 불의에 맞서는 힘처럼 보일지도 모르지만, 진정한 용기란 희망이 아마득히 멀리 있어도 모든 슬픔을 담담하게 받아들이는 태도라는 것을 김두권 시인의 시를 보면 깨닫게 된다. 이해할 수 없을지라도 모든 역사적 슬픔에서 시인은 의미를 제조해낸다. 김두권 시인은 몰락과 슬픔에서 상투적인 희망이 아니라 나지막한 의미를 늘 만들어낸다.

《온몸의 피가/얼어든다/'귀무덤(耳塚)'을 앞에 두고/세상에/듣도 보도 못한 괴상한 이름/'문화도시' 교토에 자리 잡은/'귀무덤'/임진왜란 때/조선에 침입한 왜군/조선 사람의 코와 귀를 베여/히데요시 앞으로 보냈다나/전과의 증거물이라고/임진(壬辰), 정유(丁酉)의 왜란/살해된 조선 사람은 기십만/아우슈비츠를 무색케 하는/잔학의 화신》(시《귀무덤》)

관광지를 다니면 환상의 매혹에 빠지기 쉽다. 반면에 관광지의 매혹이야말로 디아스포라에게는 트라우마를 돌출시키는 동기가 될 수 있다. 프로이트가 엠마의 얘기를 들어 특정 장소에 가면 고통스러운 트라우마가 일어나는 증세를 일컬어 '아고라 포비아'(agora-phobia) 즉 '광장 공포증'이라고 했다. 그러나 김두권 시인은 어설픈 공포증을 시에 담아내지 않는다. 특정 장소에 가면 담담하게 개안(開眼)의 소산을 풀어낼 뿐이다. 가령 고구려에서 일본 섬으로 건너온 조상들이 살았다는 고마신사(高麗神社)를 찾아가는 시에서도 시인은 고려왕묘(高麗王廟)에 머리를 숙이면서도, 역사를 거슬러 오늘의 통일문제와 결합시킨다.

《고마가와(高麗川) 내가에서/점심 곽을 펼치면서 생각느니/천 삼백년도 전에/산 설고 물 선 이역 땅에 산 사람들/그 외로움을 어떻게 견디었는지/그 그리움을 어떻게 참았는지/꿈엔들 생각했으랴/천년이 넘는 세월이 흐른 후에/유명 무명의 겨레가/끊임없이 찾아올 줄을/잊을 수 없구나/소망을 담은 액자들에 담긴 글들/아득한 옛날의 조상을 못 잊어 하고/조국의 통일을 념원한/조상을 찾는 길은/나를 찾는 길일런가》(시 《고마고을》)

또한 일본의 국보 제1호, 실상은 조선 사람이 만들었다는 미륵보살을 보면서도 조상들의 미학을 떠올린다《고류지(廣隆寺)》. 또한 5월 훈풍에 이끌려 진다이지를 찾아가기도 한다.

《석가당에 안치된 불상/백제식 금동으로 된 백봉불(百鳳佛)/경건히 절을 올리는데.../어쩐지 낯익은 그 모습/우아한 미소와 흐르는 의상/그윽한 눈길로 나를 맞아주네/무사시노는 조선 사람과 인연 깊은 곳/농경과 문화의 기술 집단이 왔단다/때는 삼국시기/대표 인물은 복만(福滿)/이 고장에 문물을 장려하고/민심을 안정시키니/사람들의 칭송 그지 없었다나/간토(關東)에서 가장 오랜 백봉불/도래인(渡來人) 집단에 속한 불사(佛師)의 솜씨라고/이 절을 개창한 이는 만공상인(滿功上人)/그는 복만의 아들/명물 메밀국수집에 들려/물소리에 잠기며 한숨 돌리는데/천년도 넘는 일월(日月)이/한꺼번에 안겨 와라/만감 이길 수 없네》(시 《진다이지(深大寺)》)

과거에 바다를 건너왔던 도라이진(渡來人)의 모습에서 스스로의 자아를 발견하는 것이다. 그가 보는 정치적 식견은 단순한 공격이나 풍자로 읽히지 않는다. 김두권 시인이 풍경을 역사적으로 볼 때는 늘 축적된 고통의 기억이 누적되어 있다. 그렇게 장치된 그의 역사적 고찰은 자이니치의 실존을 묻는 존재론적 은유로 다가온다.

2000년 이후 김두권 시인은 고 김학렬, 고 정화수, 오홍심 시인 등과 함께 시동인지 〈종소리〉를 계간으로 출판했다. "맨 앞줄에서 / 언제나 신나게 울리던 종소리 / 앞으론 누가 울리란 말이오"《종소리는 누가 올리라고》라며 2009년에 사망한 고(故) 정화수 시인의 죽음을 애도하기도 했다. 필자도 〈종소리〉에 시를 발표했고, 이후에도 남과 북의 시인이 함께 시를 발표하는 잡지로 이어지고 있다.

한 혁명가의 서사시

이번 시집의 제6부는 시조, 제7부는 가사의 형식으로 쓰여진 시가 가즈런히 자리잡고 있다. 이 시집을 정리하면 그리움(1부)으로 시작하여, 교육 이야기(2부)가 이어지고 이후 일본에서의 삶과 정치적 시각이 펼쳐지고 마지막에는 통일에의 꿈으로 마무리 되고 있다. 그 꿈의 절실함을 필자는 문예동의 노(老) 혁명가들을 만나면서 여러번 체험했다.

2009년 필자가 13년의 일본 생활을 마치고 귀국하려 할 때 문예동의 시인들께서 환송회를 베풀어 주셨다. 도쿄에서 조선요리법으로 만든 불고기를 내놓는 식당에서 까마득한 후학을 배웅해주시던 그 날, 김두권 선생님도 계셨다. 남쪽에서 누군가 오면, 단 한 명의 작가의 말이라도 진솔하게 들어보려고 귀 기울이셨던 어른들 모습이 아직도 방금 본 영화 영상처럼 기억된다. 그리고 함께 하셨던 김학렬, 정화수 선생께서는 돌아올 수 없는 먼 여행을 떠나셨다.

모임이 있을 때마다 늘 말없이 앉아계시던 김두권
선생의 나즈막한 열정을 이 시집을 통해 가슴 먹먹
할 정도로 만나보시길 권하고 싶다. 90살의 노구에
도 쉼없는 열정으로 우리말을 지키며 선생은 한 평
생의 서사시를 이렇게 남기셨다. 경이롭기까지 한
이 시집이 여기서 끝나지 않고 이 기회에 선생님의
고향방문이 성취되어 또다른 시편이 결실되기를 바
란다. 이 시집을 계기로 그러한 시간이 마련되리라
믿고 고대해 본다.

　　　　　　　김응교(시인, 문학평론가, 숙명여대 교수)